Heidi von Plato
Das verschwundene Manuskript
Ein Georg-Büchner-Roman

Das Buch
Vielleicht hat Georg Büchner ein Drama über den Renaissance-Dichter Aretino geschrieben, das verschollen ist?
Drei Personen im Umkreis von Büchner könnten ein Interesse am Verschwinden des Dramas gehabt haben: Der verrückte Peppi, der homosexuelle Thomas Lovell Beddoes, Arzt und Dichter, und Büchners pietistische Verlobte Minna Jaegle.

Die Autorin
Heidi von Plato, geb. in Altenburg/Thüringen, studierte Psychologie, Germanistik und Philosophie. Sie arbeitete an verschiedenen Theatern als Dramaturgin, Regisseurin und Autorin. Ihre Theaterstücke sind im Suhrkamp Theaterverlag erschienen; *Der elektrische Reiter* wurde 1996 mit dem Hamburger Theaterpreis ausgezeichnet. Heidi von Plato schreibt Erzählungen, Hörspiele und Romane (*Das haarige Mädchen, 2005*). Sie lebt und arbeitet in Berlin.

Heidi von Plato
Das verschwundene Manuskript
Ein Georg-Büchner-Roman

Impressum

© Heidi von Plato, 2013
© 2013 by ANTHEA VERLAG
Hubertusstraße 14
D-10365 Berlin
TEL: 030 993 93 16
FAX: 030 994 01888
eMail: info@anthea-verlag.de
Verlagsleitung: Detlef W. Stein

www.anthea-verlag.de

Coverabbildung: Büchner Forschungsstelle
der Philipps Universität Marburg
Umschlag und Satz: Gabriele Selse,
BuW Buch und Werbung GmbH, Berlin
Korrektor: Christoph Burmeister

ISBN: 978-3-943583-30-4

Straßburg 1836

1

Drei Treppen auf einmal. Es konnte nicht schnell genug sein. Sein Atem flatterte. Vor dem Haus atmete er den strengen Fischgeruch ein, der von der Ill zu ihm drang. Die Weinfässer seines Vermieters rollten übers Pflaster, die Vertäuung eines Kahns knirschte, Teller klapperten. Er mochte die Gegend: Die Rue de la Douane, den Quai St. Thomas.

In den letzten Nächten hatte er kaum geschlafen. In seinem Spiegelbild sah er einen Fremden mit kleinen, schielenden Augen und wirrem blondem Haar, das vom Kopf abstand. Wer ist das? lachte er. Keine Antwort. Vielleicht waren die Kalender abgeschafft und die Zeit hatte sich eingerollt wie eine Katze. Am frühen Morgen, als die Möwen zu schreien begonnen hatten, war er mit einigen Szenen seines neuen Stückes über Aretino, einem spöttischen Renaissancedichter, fertig geworden.

Dessen Worte hatten es ihm angetan. *Ich diene keinem. Ich kann es nicht dulden, dass mir einer befehle, wie groß er auch sei.* Kein abgeschlossenes Stück, einige Szenen, die noch mit atheistischen Stellen gewürzt werden mussten.

Die Sonne zwängte sich durch die engen Gassen von Straßburg, viele Menschen waren unterwegs, er sprang über Schlammpfützen, wich Dreck und Menschen aus, hinter seinem Rücken das Münster. Scharfer Geruch zog durch die Straßen.
Die lichtdurchfluteten handförmigen Blätter der Platanen zitterten im Wind, Geister tanzten auf dem Fluss, der sich um Straßburg schlängelte. Zuweilen sah er sich um, aus Angst, ihm folge jemand, um ihn zu verhaften. Eine Angewohnheit, seit er als politischer Flüchtling in diese Stadt geflohen war.

Büchner klopfte an die Tür des Jaeglehauses in der Rue St. Guillaume 66, ein schiefwinkliges Haus mit alten Gewölben. Der alte Diener

öffnete, bat ihn zu warten. Es dauerte nicht lange und schon stand Minna vor ihm und umarmte ihn.
Wie schön sie aussah in ihrem grünen Kleid, das ihre Taille betonte, den Hammelkeulenärmeln. Wie eine umgestülpte Tulpe. Ihre hochgesteckte Frisur unterstrich die Weichheit ihres Gesichts. Zärtlich nannte er sie *Fräulein Schönhand*, ihre silbernen Ohrringe wippten. Sie konnte so freigiebig lächeln, dass er neidisch war auf sie.

Ihr Vater, sein Schwiegervater, hatte ihr eine umfassende Bildung zukommen lassen. Durchaus unüblich in der damaligen Zeit. Philosophisch und literarisch interessiert, tauschte Büchner sich gerne mit ihr aus. Minnas Wissen über romantische Literatur beeindruckte ihn immer wieder. Noch viele Stunden wollte er mit ihr verbringen, denn in einigen Wochen hieß es Abschied nehmen von *Fräulein Süßhand*, seinem *bösen Mädchen*, Abschied von Straßburg, um die Dozentur in Zürich anzutreten. Nun musste ihm

Polizeikommissar Pfister, den er in einigen Tagen aufsuchen würde, nur noch eine Unbedenklichkeitsbescheinigung ausstellen. Wenn er nur nicht so ängstlich wäre.

Minna, die überrascht war, ihn zu sehen, führte ihn ins Wohnzimmer, wo sie auf einer Chaiselongue Platz nahmen. Ihr Vater sei unterwegs, erklärte sie und schmiegte sich an ihn.
Und er legte los, aufgeregt war er, einige Szenen habe er in der letzten Nacht geschrieben, sie handeln von Aretino, einem italienischen Dichter aus dem 15. Jahrhundert, der als junger Mann begonnen hatte, Pamphlete und Sonette gegen die Geistlichkeit und korrupten Staatsbeamten zu verfassen. Pamphlete gegen den Ablass, die Sittenlosigkeit der Päpste, die heimlichen Ehen von Nonnen und Mönchen, Kindsmorde in den Klöstern, Sodomie im Klerus, Mord als politisches Mittel. *Wer die Mächtigen kritisiert, den schreien sie als Weltfeind aus, denn diese Minderheit hält sich für die Welt*, hat Aretino gesagt,

der von den Herrschenden und dem Volk gelesen wurde. Büchner war so richtig in Fahrt gekommen, Minna hatte interessiert zugehört und rief erfreut, das sei ja der richtige Stoff für ihn, und er erzählte, dass es ihm auch um den Mordanschlag auf Aretino ginge, da dieser nicht nur die Mächtigen kritisiert hat, sondern auch sehr drastisch die Stellungen beim Geschlechtsverkehr beschrieben hat, „ein Feuerkopf", sagte Büchner und Minna lachte los, „so wie du einer bist" und errötete.

Fleckige Röte überzog ihre Wangen, wunderbar diese geheimnisvolle Gefühlsregung. Manchmal spielte sie die höhere Tochter, und gebärdete sich so sittsam, dass er losprusten musste. Dann schmunzelte sie wieder über seine obszönen Wendungen, verschämt, das hatte einen großen Liebreiz.

„Hoffentlich wird das Stück nicht zu unanständig und zu atheistisch." Minna drohte Büchner scherzhaft mit dem Zeigefinger und lachte vergnüglich, zog ihn am Ohrläppchen, als läutete sie eine kleine Glocke, und küsste sein Gesicht ab, drängte ihn in den Stuhl und sagte zu ihm, er solle ganz still sitzen, dann würde er schon sehen, was sie mit ihm vorhabe, und er antwortete belustigt, sie sei eine Schlimme, aber er ließe sich gerne von ihr zur Schlachtbank führen, wenn sie es wollte. Sie zog die Gardinen zu, schnürte ihm die Blattlitzen seines blauen Polenrockes auf, fein gedrehte Schnüre, so eine schmucke Polonaise mit weichem Kragen, öffnete ihm die karierte Seidenweste, so dass sein Unterhemd sichtbar wurde, weich war die Baumwolle, nicht rau wie das Leinen. Minna kniete sich vor ihn und half ihm aus der Kleidung, obwohl ihre Hammelkeulenärmel hinderlich waren, die durch Fischbein gestärkten großen Schinkenärmel, hörte ihn schnurren, was die böse Katze mit dem Kater anstelle, und flüsterte, wie sie es genieße, dass er so passiv sei und sich nicht rühren dürfe, das sei Bedingung eines Spiels. „Gut, gut", meinte er knurrend, dem alles so schien, als wolle sie ihm beweisen, dass sie nicht prüde sei,

dann fuhr sie an seine Beinkleider, und als er ihr helfen wollte, sie abzustreifen, schob sie seine Hände weg, und zog und zog an den Hosenbeinen, bis sie es schaffte, dass sie auf den Boden fielen. Während sie, ohne auf seine Hilfe zu warten, ihr mächtiges, grünes Kleid mit dem Ausschnitt über den Kopf schob, da umarmte er sie, vergrub seinen Kopf im Meer von grünem Atlas, ehe sie es schaffte, sich zu befreien. Beide prusteten los, bis es ihr endlich gelang, das Kleid abzulegen, und sie ermahnte ihn, die Spielregeln nicht zu verletzten, so dass er sich wieder brav zurück lehnte und sie zog ihm sein langes Unterhemd, dass einen freien Schritt besaß, aus.
„Mein Kater", flüsterte sie und küsste ihn, was sie mit ihm mache, stöhnte er, dann rutschten sie auf den Teppich, lachten und er begann, die Anzahl ihrer Unterröcke zu zählen. „Nur vier", rief er, „nur vier, da gehöre ja das Mamsellchen nicht zum höheren Stand, denn die hoch gestellten Damen der Gesellschaft, das wüsste sie, trügen zuweilen sieben Unterröcke", und sie

antwortete, sie sei nur eine kleine Pfarrerstochter von niederem Stand, dazu noch fünf Jahre älter als er, schon ein altes Mädchen, wie die Leute redeten. „Aber nein", flüsterte er, „du bist so jung für mich, so jung, wie keine sonst jung ist", und sie konnte nicht mehr an sich halten, rief, „Komm!", und nach und nach befreite er sie von allen Reifröcken, vom mechanischen Korsett, was für ein Umstand diese Ösen, die so schwer zu öffnen waren, noch nie hatte sie sich von ihm ausziehen lassen. Die vergangenen Male, in denen sie zusammen gelegen hatten, blieb sie angezogen. Und ihm hatte es gefallen, sich durch die zahlreichen Röcke zu wühlen, er trennte die einzelnen Ösen auf, das Korsett fiel zur Seite, er umschlang ihren warmen Körper und sie flüsterte, nun sei sie zum ersten Mal für kurze Zeit befreit von ihren Schuldgefühlen, ihrer Angst vor dem Vater, und er dachte, solche Innigkeit zeigt sie sonst nur beim Gebet.

2

Mein neues Stück, dachte Büchner auf dem Heimweg, wird Minna zu atheistisch sein. Aber nichts konnte ihn aufhalten. Bisher hatte sie sein Schreiben immer unterstützt, ihn begleitet, Volkslieder herausgesucht, aber schon auf Dantons Tod hatte sie mit zwiespältigen Gefühlen reagiert. Er glaubte, dass sie das Stück nicht mochte, den Robespierre in seiner brutalen Tugendhaftigkeit unsympathisch fand, auch den Danton und seinen Lebensüberdruss, nur die Frauen, die ihren Liebhabern in den Tod folgen, gefielen ihr.
„Ziemlich schlüpfrig", hatte sie lächelnd gesagt, und Büchner hatte verlegen gegrinst. „So redet das Volk. Das sind keine Helden, sondern arme Mäuler."

Zu Hause angekommen, fiel es ihm schwer, sich mit der *Ethica* des Baruch de Spinoza zu

beschäftigen. Für die Vorlesung in Zürich. Denn noch immer war es nicht klar, ob er Dozent für Vergleichende Anatomie oder für Philosophie werden würde. Sich Gedanken über dessen Substanzbegriff zu machen. Überflüssiges Zeug. Überflüssiges Zeug von einem überflüssigen Mitglied der Gesellschaft. Gott, die ewige und absolute Substanz, konnte nur aus sich allein begriffen werden. War ursächlich auf nichts zurückzuführen. Brauchte man Gott? Vernünftig hatte er die Welt nicht eingerichtet. Geist und Materie waren Attribute Gottes, keine getrennten Entitäten wie bei Descartes. Der Mensch als denkendes und ausgedehntes Wesen. Der gesamte Kosmos war Ausdruck dieser Substanz. Für Spinoza gab es keinen persönlichen Gott, der in die Geschicke der Welt eingriff. Sehr sympathisch. Ein Pantheist. Das waren also die berühmten Axiome, die Anklang bei Lessing, Herder und Goethe fanden.
Büchner hatte genug von dem philosophischen Kram, begann seinen Vortrag über das Nerven-

system der Barben zu überarbeiten. Auch für Zürich.

Seine Doktorarbeit über die Barben hatte er vor einigen Monaten beendet. Dafür war er früh aufgestanden, zum Fischmarkt gegangen, um sich schöne, frische Exemplare auszusuchen, umgarnt vom Geschrei der Marktfrauen, die ihre Waren anpriesen, und damit zeigten, wie viel sie vom Geschäft verstanden. Wie liebte er ihre blutigen Schürzen, die rauen Hände und roten Gesichter. Wie einer Geliebten hatte er sich der Barbe, diesem Fisch mit dem weißen, weichen Fleisch monatelang gewidmet, sie ausgenommen, ihr Nervensystem, die Spinal-und die Hirnnerven untersucht. Mit dem Skalpell und einer starken Lupe gearbeitet. Unter Wasser, nicht mit Alkohol, damit das Weiß der Nervenfasern sich vom Fleisch des Fisches abhob. Viel Arbeit war es gewesen: Genaue Zeichnungen der Hirnnerven, Gehirnteile und Schädelwirbel der Barben für den Steindrucker anfertigen, über die er in seinem Vortrag ausführlich berichten musste, eine schöne Übersicht über die Beziehungen der sechs gefundenen Hirnnervenpaare zu den sechs Hirnsegmenten und den sechs Schädelwirbeln. Staunend hatte er den Lithographen an seinem Arbeitstisch beobachtet, der mit einer Feder die Konturen der Zeichnung auf ein Transparentpapier übertrug, um sie dann mit einer Kaltnadel auf dem Stein zu fixieren. Benebelnd die ätzende Lösung aus Gummiarabikum und Salpetersäure.

Ich finde, du arbeitest zuviel, hatte Minna besorgt gesagt.
„Du willst doch einen Professor und Schriftsteller und keinen ewigen Studiosus an deiner Seite. Vielleicht bekomme ich ja keine Aufenthaltsgenehmigung in Zürich, dann bleibe ich auf deinem Schoß sitzen."

3

Während sie am nächsten Nachmittag ihren Mantel überzog, und daran dachte, dass Schorsch sicher seine Aufenthaltsgenehmigung bekommen würde, hörte sie die fordernde Stimme ihres Vaters aus der Bibliothek.
„Minna!"
Als sie nicht sofort reagierte, eine kleine Widerständigkeit ihrerseits, rief er noch einmal, nun lauter. „Minna!"
Was wollte er? Wusste er doch, dass sie mit Schorsch verabredet war.
Seine Brille hatte er auf den Boden fallen lassen und Minna sollte sie aufheben. Seine Hinfälligkeit hatte in letzter Zeit zugenommen. Als er sie aufforderte, ihm einen tönernen Fußwärmer zu bringen, war es mit ihrer Geduld zu Ende.
„Vater, das schaffe ich jetzt nicht mehr. Heute möchte ich mit Schorsch ins Automatentheater."
Schon vor ein paar Tagen hatte er sie gehindert,

ins Theater zu gehen, da er für seine Predigt ein Buch benötigte, das ihm Minna aus der Bibliothek bringen sollte. Dann und wann vertrat er einen Amtskollegen, aber immer seltener.
„Gut", knurrte er, „dann geh", fügte freundlicher hinzu. „Viel Spaß!"
Immer wieder Schuldgefühle, ihren Vater allein zu lassen. Seit dem Tod der Mutter vor sieben Jahren fühlte sie sich für ihn verantwortlich. Gemeinsam hatte sie mit ihm den Schmerz über den Verlust der Mutter geteilt. Sie hatten am Totenbett gesessen, sich an der Hand gehalten und Gebete gemurmelt. Ihr starker Vater. Ihr mächtiger Vater.
Schorschs tadelnder Ton. „Du musst auch an dich denken und nicht immer an deinen Vater. Und auch an deinen Verlobten", hatte er scherzhaft hinzugefügt.
„Ich denke Tag und Nacht an dich."
„Wie schrecklich", hatte er lachend gerufen.

Das Automatentheater sollte auf dem Marktplatz stattfinden. Aber als Minna und Schorsch eintrafen, gab es keine Buden. Gruppen von Menschen. Ein zerrissenes Plakat auf dem Boden, das sie lasen. Von einem Automaten als Schlaffseiltänzer war die Rede, von einem Automaten, genannt die Unübertreffliche. Von einer Pantomime zwischen einem alten Wiener Kellner und dem Bajazzo. Von einer Tiroler Kellnerin, besonders für die Lachlustigen geeignet.
Ihr Vater hatte ihnen von den Androiden des Jaquet-Droz erzählt, von der Organistin, dem Schreiber und dem Zeichner, die er als Junge in La Chaux-de-Fonds besichtigt hatte. Was für faszinierende Maschinen! Besonders eindrucksvoll sei der automatische Schreiber gewesen, der seine Feder in die Tinte tauchte, sie abschüttelte und Worte aufs Papier setzte.

Von einem Mann erfuhren sie, dass die Polizei dem Besitzer des Automatentheaters verboten hatte aufzutreten, da er über keinen gültigen

Ausweis verfügte und daher das Land verlassen müsste.
Büchner empörte sich. Unvorsichtig wie er war. Sagte, so erginge es einem in Straßburg.
Das Gesicht des Mannes war rot angelaufen.
„Wo kämen wir hin, wenn wir jedes Gesindel aufnähmen? Die sich noch nicht einmal ausweisen können."
Minna zog Schorsch mit sich fort, um eine Eskalation zu verhindern.
Auf dem Weg in ein Café, das sie zur Entschädigung aufsuchen wollten, erklärte sie mit einer gehörigen Portion Strenge, so konnte sie auch sein, wie leichtsinnig er gewesen sei, sich dergestalt zu äußern, dazu noch vor einem wildfremden Mann und er konnte nicht anders, als zu nicken. Er habe sich hinreißen lassen, da ihm die widrigen Umstände in Straßburg wieder bewusst geworden seien, und solche Leute wie ein Automatenhersteller, der sein Brot schwer verdiene, unter diesen Gesetzen leiden müssten, nur weil er vielleicht die Verlängerung seines Passes

vergessen habe. Die so genannten kleinen Leute würden immer wieder angepisst.

Da lachte sie, erwiderte, er könne ja so wunderbar obszön sein, das stimme ja, was er meine, aber er müsse doch vorsichtig sein, wie leicht zeige ihn jemand an, da helfe ihm auch keine Protektion, wie er sie von seinen Professoren erfahren habe.

Recht hatte sie. Er war in Straßburg nur ein geduldeter Flüchtling mit vorläufigem Bleiberecht und wartete auf seine Unbedenklichkeitsbescheinigung.

4

Seine Handschrift hatte er kaum lesen können. Das „E" erinnerte an einen Schweineschwanz, das „t" an einen stürzenden Zwerg, das „a" baumelte in der Luft. Egal, er musste zum Kopisten, der sein Manuskript entziffern würde und er packte die Papiere, die durcheinander wirbelten, zusammen. Keine Zeit, die Szenen über Aretino selbst abzuschreiben, da er noch so viel zu tun hatte für seine anstehende Dozentur in Zürich.

Peppi, ein Neffe des Weinhändlers, stand in einiger Entfernung, rollte Weinfässer vom Wagen und grüßte ihn, indem er seine Mütze vom Kopf zog und im Staub schleifen ließ. Ein schmaler, hohlwangiger junger Mann, der übermäßig freundlich war. Um die achtzehn Jahre, fünf Jahre jünger als Büchner. Seine dunklen Locken, die ihm auf die Schultern fielen, gaben ihm ein mädchenhaftes Aussehen. Auch im Sommer trug er warme Kleidung, um sich zu schützen, wie er sagte. Keiner wusste wovor. Manchmal hörte er Stimmen, die schlecht über ihn redeten.

Büchner blieb stehen und fragte Peppi. „Wie geht es dir?"

Seit seiner Kindheit übten Verrückte einen besonderen Reiz auf ihn aus. Nicht umsonst hatte er über den wahnsinnigen Lenz und über Woyzeck, der sich verfolgt gefühlt hatte, geschrieben. Alles neben seinem Studium und der Doktorarbeit über das Nervensystem der Barbe.

Er erinnerte sich, wie aufgeregt er den Geschichten seines Vaters zugehört hatte, ja, er war ein guter praktischer Arzt und Gutachter, der von Männern erzählt hatte, die sich kastriert hatten, Kindsmörderinnen, Frauen, die sich die Haare ausrissen oder Stecknadeln schluckten.

„Hoffentlich komme ich nie mehr in die Zuchtanstalt und werde in eine Jacke gezwungen." Peppi seufzte. „Aber das muss ich mal sagen. Der Schorsch darf nicht so viel aufs Papier klecksen."

„Warum nicht?" Büchner kannte Peppis Abneigung gegen sein Schreiben.
„Wer kritzelt, kommt noch ins Irrenhaus." Peppis Miene war ernst und er drehte eine Lockensträhne um seinen Zeigefinger, so machte er es immer, wenn er unruhig war.
Büchner versicherte ihm lachend, dass er alles versuchen wollte, um den Zwangsjacken und kalten Duschen zu entgehen.
„Ich war eingezwängt!" rief Peppi, dem die Erinnerung ans Irrenhaus wohl zusetzte, aus dem er vor einigen Monaten entlassen worden war. Seitdem wohnte und arbeitete er bei seinem Onkel, der sich um ihn kümmerte und froh war, eine billige Arbeitskraft gewonnen zu haben.
Seine trunksüchtige Mutter hatte versucht, ihn als fünfjähriges Kind umzubringen, indem sie ihm einen Stein um den Fuß band und ihn in die Ill stieß. Fischer retteten ihn.
Büchner verabschiedete sich von Peppi, der noch einmal seine Mütze schwenkte und dann das nächste Weinfass vom Wagen wuchtete, dann

eilte er am Quai St. Thomas entlang, überquerte eine Brücke.

Glitzernde Sonne auf der Ill, ein flirrender Teppich. In schaukelnden Fischerbooten rudernde Männer. Am Ufer Ahornbäume mit braunen Blättern. Wie immer ein herber Geruch über allem. Eine Korbflechterin schielte auf Kundschaft. Häuser, getaucht in warmes, gelbes Licht. Ein Scheren- und Messerschleifer saß gebückt an seinem Rad. Zollbeamte machten sich an einem Fuhrwerk zu schaffen, Büchner schob sich an ihnen vorbei.

Die Mütze tief ins Gesicht gedrückt, war ihm Peppi gefolgt, neugierig, wohin Büchner in aller Frühe ging, hatte sich versteckt hinter Weizenballen, Schiffsladungen und Handwerkern. Unterm Arm trug der Schriftsteller eine Mappe. Am liebsten hätte Peppi das voll gesudelte Papier zerrissen und in die Ill geworfen, damit es davon segelte.

Büchner, der den schreienden Möwen zusah, die über ihm kreisten, ahnte nichts von seinem Verfolger.

Was hätte er getan? Peppi ausgeschimpft und ihn gebeten umzukehren? Aber wer weiß, ob das geholfen hätte.

Noch eine halbe Stunde Fußweg. Schweißtreibend, da die Herbstsonne noch wärmte. Schnell nahm er die Treppen zur Wilhelmskirche, einem gotischen Bau, den er sehr mochte, dessen Spitze hoch aufragte. Wunderbare, alte Orgel. Nun war es nicht mehr weit, bis zur Wohnung des Kopisten am Quai des Bateliers, die in einer der dunklen Gassen lag, in denen die mittelalterlichen Häuser umzufallen schienen.

Nur einige Meter entfernt sah Peppi, wie der Schriftsteller in eine Toreinfahrt einbog.

Lauger, ein kleiner, dünner Mann, vielleicht vierzig Jahre, mit schwarzem Haar, hatte Büchner aufgeregt begrüßt, und die Finger seiner rechten

Hand, die schwarz waren, hoch gehalten und gerufen, ihm sei ein Tintenfass umgekippt und die Tinte sei über ein Manuskript gelaufen.

Er fasste Büchner an seinen Rock und zerrte ihn ins Zimmer, in dem sich Bücher und Texte stapelten. Auf dem Boden. In den Regalen. Auf dem Schreibtisch.

„Das kommt vom vielen Kopieren. Kopieren. Kopieren", jammerte Lauger, „ was soll ich sonst machen, so eine elende Beschäftigung, das Kopieren, und das alles nur, damit ich ein wenig Geld habe. Kommen Sie. Sehen Sie sich das Malheur an."

Büchner folgte dem Kopisten und sah in die gelben Augen eines grauen Katers, der auf dem Schreibtisch inmitten von Texten thronte, als wollte er sagen, alles mein Besitz. Von Lauger auf den Boden gescheucht, hatte der Kater einige Papiere mit sich gerissen, auch ein mit Tinte voll gesogenes Manuskript, auf das Büchner starrte, nur einzelne Buchstaben blickten aus der Schwärze. Buchstaben am Nachthimmel.

Büchner fantasierte. Unleserlich seine Papierseiten, vom Kater zerfetzt.

„Nichts mehr zu machen", stellte Lauger nüchtern fest, nahm das Manuskript, legte es auf den Schreibtisch und fragte grimmig, indem er Büchner schief ansah. „Was wollen Sie? Wer sind Sie überhaupt?"

Büchner ließ sich nicht beirren, obwohl ein wütender Gesichtsausdruck ihn zuweilen verschreckte, nannte seinen Namen, zeigte auf die Mappe.

„Das hier sind einige Szenen meines Theaterstücks. Fertig bin ich mit dem Zeug noch nicht. Aber ich kann den ersten Entwurf nicht selbst kopieren. Entschuldigen Sie. Da ich bald nach Zürich gehe, hoffe ich, dass Sie Zeit finden angesichts dieser Misere."

„Ein Schreiberling, der es eilig hat." Laugers hohe Stimme klang aufgebracht und abfällig.

„Diese jungen Leute. Alles soll schnell gehen. Ich habe keine Zeit!" betonte er scharf, sah auf

seine schwarzen Finger, die er in die Höhe hielt.
„Auch noch ein Theaterstück", murrte er, als
spräche er zu sich selbst.
Als Büchner sich enttäuscht verabschiedete,
einige Stiegen hinunter rannte, lief der Kopist,
der es sich wohl anders überlegt hatte, hinter ihm
her, erreichte ihn, stellte sich vor ihm auf und
zupfte ihn am Rock.
„Los, geben Sie mir Ihr Manuskript und kommen
Sie in drei Tagen wieder. Aber keinen Tag früher!" Sagte es und rannte die Treppen hoch.

Peppi, der alles mitgehört hatte, drückte sich in
eine Ecke, um nicht gesehen zu werden.

Vertrauenswürdig hatte Büchner den Kopisten
nicht gefunden, hatte eingewilligt, da er keine
Zeit verlieren durfte, so viel war noch vor seiner
Abreise zu erledigen. Dachte er an den morgigen
Tag, an dem er zu Pfister musste, wurde ihm flau.

5

Ein wenig aufgeregt war Büchner, als er vor der Tür des Polizeikommissars stand, obwohl er dessen republikanische Gesinnung kannte.
Pfister, der kleine, gedrungene Mann, begrüßte ihn überschwänglich, bat ihn, Platz zu nehmen, zog aus seinen Unterlagen, die auf seinem Schreibtisch lagen, ein Papier und begann zu lesen.
„Georg Büchner aus Darmstadt hat sich der gerichtlichen Untersuchung seiner indizierten Teilnahme an staatsverräterischen Handlungen durch die Entfernung aus dem Vaterlande entzogen."
Büchner war zusammen gezuckt, aber hatte sich beruhigt, als er Pfisters Absicht verstand.
„Diesen alten Steckbrief von 1835 können wir vergessen", rief der Polizeikommissar und zerriss ihn. „Ich weiß, dass Sie sich, seit Sie in Straßburg sind, von allen politischen Aktivitäten fern gehalten haben."
Erleichtert hörte er Pfisters Frage. „Arbeiten Sie

an einem neuen Stoff?"
„Ich recherchiere." Mehr sagte er nicht.
Bei ihrer ersten Begegnung hatte Büchner mit dem Polizeikommissar über sein Stück *Dantons Tod* gesprochen, ihm die Hauptcharaktere erklärt. Robespierre und Danton seien durchaus widersprüchlich angelegt. Dass beide das Ideal der Revolution, die Aufhebung des Gegensatzes zwischen Arm und Reich, verraten haben, verschwieg er ihm. Auch dass er für Danton, den er als liederlich, zynisch und kriegsgewinnlerisch beschrieb, keine Sympathie empfand. Wir sind alle Schurken und Engel, hatte Büchner aus seinem Stück zitiert und Pfister hatte dröhnend gelacht und gesagt: „Ein interessanter Stoff. Idealisten sind gefährlich. Idealisten wollen die Welt mit ihren Ideen überziehen. Mit aller Gewalt. Niemand ist mehr sicher. Idealisten machen alle einen Kopf kürzer, die nicht an sie glauben."
Büchner erinnerte sich, dass er zusammengezuckt war, denn er fühlte sich gemeint.

Dass er sich mit Aretino beschäftigte, würde Pfister, der streng katholisch war, nicht verstehen. Ein Stück, das Papst und Geistlichkeit kritisierte. Die doppelbödige Moral der katholischen Religion infrage stellte. Blasphemisch. Ein Schriftsteller, der herumhurte und Frauen vor Ehemännern warnte. Schändlich.

„Gut, Sie wollen nicht über Ihr neues Projekt sprechen. Auch gut. Aber sagen Sie mir nur, ob es sich wie schon bei Ihrem *Danton* um ein historisches Thema handelt?"

„Ja, es geht um einen historischen Stoff, der aber seine Gültigkeit nicht verlieren wird."

„So ist es recht. Was interessiert uns die Historie, wenn wir nicht Nutzen aus ihr ziehen können."

Pfister sprang auf, verabschiedete sich mit den Worten, Büchner habe sich politisch korrekt verhalten. Es gäbe keine Klagen. Mit der Unbedenklichkeitsbescheinigung, die er ja für den Schweizer Laufpass benötige, könne er unbeschwert in die Schweiz reisen und seine Dozentur antreten.

6

Auch Minna war erleichtert gewesen, dass Büchner die Unbedenklichkeitsbescheinigung bekommen hatte und jetzt nur noch die Aufenthaltsgenehmigung für Zürich benötigte. Das sei sicher kein Problem. Daran glaubte er auch. Das Asylrecht in der Schweiz war nicht in Frage gestellt worden, obwohl aus Frankreich Protest zu hören war.

Damit rückte sein Abschied aus Straßburg näher und die Zeit schob sich wie ein Fernrohr zusammen. Kaum, dass er an seinem Aretino arbeiten konnte. Einige Skizzen. Ein altes italienisches Märchen umschreiben. Gegen den Strich. Antiklerikale Volkslieder. Einige Dialoge.

Demnächst musste er das Studium Spinozas für die Vorlesung in Zürich abschließen. Dafür hatte er Minna gebeten, ihm eine Kopie eines Spinozatextes anzufertigen.

An einem Nachmittag, an dem sie in der Wohn-

stube zusammen saßen, Jaegle schlief in seinem Lehnstuhl, überreichte Minna ihm die Abschrift.
„Ich bin fertig, sagte sie lächelnd. Es hat mir Spaß gemacht, mich mit Spinoza zu befassen."
Jaegle, der schon länger wach gewesen sein musste, sah Büchner an und rief aufgebracht.
„Warum lässt du es zu, dass Minna sich mit einem Atheisten beschäftigt?"
Ehe Büchner etwas sagen konnte, hatte Minna sich eingeschaltet, die es wohl nicht ertragen konnte, dass über sie verhandelt wurde.
„Vater, ich wollte mich mit Spinozas Substanzbegriff auseinandersetzen." Sie hatte sich auf die Sofakante gesetzt, sich dem Vater zugewandt. Ihre Wangen waren leicht gerötet.
Ihr Vater sah sie erstaunt an, geradezu bestürzt. Minna schien sich von seinem Gesichtsausdruck nicht abschrecken zu lassen, sondern fuhr fort.
„Spinozas Substanzbegriff umfasst, soweit ich ihn verstanden habe, den göttlichen Kosmos."
Büchner hatte beschlossen, sich nicht in das Gespräch einzumischen. Bewundernd sah er Minna

an, die es verstand, ihrem alten Vater zu begegnen. Wie unaufgeregt sie das machte!

„Unsinn!" unterbrach Jaegle sie scharf. „Diese Philosophie ist nichts für uns. Bedenke dein inniges Verhältnis zu Gott. Der Verzicht auf einen persönlichen Gott, und nichts anders tut dieser ehrenwerte Philosoph, stößt den Menschen ins Nichts."

„Aber offenbart sich Gott nicht auch in der Natur?" Minnas warme Stimme blieb gelassen.

„Bitte rege mich nicht auf. Du kennst meine Herzschwäche", sagte der Vater mit leidender Miene und stand auf, stützte sich auf seinen Stock.

Minna und Büchner waren fast gleichzeitig aufgesprungen, wollten den Vater zurückhalten, er aber stolzierte hinaus. Tok. Tok. Tok.

Büchner umarmte Minna, die ihren Kopf an seine Wange lehnte. Als sie sich hingesetzt hatten, sprach sie von ihren Schuldgefühlen dem Vater gegenüber und er versuchte sie zu trösten.

„Pass auf, bald ist er wieder versöhnt."

„Nichts traut er mir zu."
„Aber nein. Du sollst dich nicht mit einem Abtrünnigen beschäftigen."
„Philosophieren ist für ihn Männersache."
„Sicher. Ich bin schuld, dass du dich mit atheistischer Philosophie beschäftigst."
Und Büchner hatte Recht. Schon beim Nachtmahl mit Jaegle war nicht mehr die Rede von Spinoza.

7

Endlich. Alle weiteren Papiere, die Büchner für seinen Aufenthalt in Zürich benötigte, waren inzwischen eingetroffen. Auch die Zürcher Kantonspolizei hatte keinerlei Bedenken gehabt, dem politischen Flüchtling eine Aufenthaltgenehmigung auszuschreiben.

Noch zwei Tage zuvor hatte Büchner gezweifelt, ob ihm nicht ein Treffen mit dem Exilanten Fein zur Last gelegt würde, der ihn in seiner Wohnung zur Rede gestellt hatte. Fein, ausgewiesen aus der Schweiz, da er einen Handwerkerverein gegründet hatte, ehemaliger Mitredakteur der radikalliberalen *Deutschen Tribüne*, ein unangenehmer Zeitgenosse, der ihm schon einmal Arroganz vorgeworfen hatte.

„Warum hilfst du mir nicht, eine politische Organisation aufzubauen? Bist du resigniert oder was? Willst du dich weiterhin verkriechen und der guten Sache abschwören?"

Fein, größer als Büchner, fuchtelte mit seinen Armen, sein dichter Bart rahmte sein dickes Gesicht ein, das dadurch schmaler erschien, nur mühsam konnte er seinen Zorn verbergen.

„Was soll das?" Büchner hatte sich nicht unter Druck setzen lassen. Seine Meinung, die er auch brieflich seinen Eltern mitgeteilt hatte, stand fest. „Eine politische Umwälzung halte ich zum augenblicklichen Zeitpunkt für sinnlos. Die verschiedenen Gruppen sind zerstritten. Das Volk als ganzes muss aufstehen, das wird dauern. Missbrauch gibt es genug, auch von Seiten der Fürsten, das wird das Volk auf Dauer nicht dulden."

„Hast du nicht in deiner Flugschrift *Der Hessische Landbote* zum gesellschaftlichen Umsturz aufgerufen", hatte sich Fein ereifert. Man müsse kämpfen für soziale Gerechtigkeit gegen Unterdrückung und Verarmung der Landbevölkerung?

„Natürlich, betonte Büchner, bin ich für demokratische Verhältnisse, in denen es nicht diese Kluft zwischen Arm und Reich gibt und die

Armen unter der unerträglichen doppelten Steuerlast litten, die sie dem Adel und dem Landesherrn zahlen müssten. Dazu stehe ich nach wie vor."

„Wirklich?" Fein sah ihn herausfordernd an.

Büchner holte aus, um Fein zum Schweigen zu bringen. In zahlreichen Städten und Dörfern Hessens, in Butzbach, Darmstadt, Offenbach, Frankfurt war die Flugschrift „Der Hessische Landbote", die eine Auflage von 1200 bis 1500 hatte, verteilt worden. In Gaststätten ausgelegt, in Apotheken unter die Waren geschmuggelt, in den Höfen der Bauern deponiert, leseunkundigen Landarbeitern vorgelesen worden. Schwer zu sagen, ob es ein Erfolg war. Einiges sprach dafür, wenige Exemplare wurden der Polizei abgeliefert, aber gelesen wurden sie. Erschwerend kam hinzu, dass einige Liberale sich gegen die Flugschrift wandten, sie zu scharf und ekelhaft fanden, sich gegen einen Kampf der Armen gegen die Reichen stellten, der schreckliche Ausmaße annehmen könnte. Einige Gebildete, die sich als

große Aufklärer aufspielten, äußerten sich abfällig über den elenden Wisch. Dass alles Vermögen Gemeingut sein müsste, darüber schwieg Büchner.
Fein hatte nicht locker gelassen. „Warum denkst du nicht an eine neue Flugschrift? Die Exilanten in Straßburg, sollten sich organisieren. Auf was willst du warten? Du bist müde und faul."
Seine politische Einschätzung war das eine, Büchner überging die Beleidigung, seine unsichere Situation als geduldeter Flüchtling eine andere.
„Ich möchte nichts riskieren. Außerdem gehe ich nach Zürich als Dozent."
Als Büchner von Fein Verräter genannt wurde, der nur seine akademische Laufbahn im Kopf habe, verließ er, ohne etwas zu sagen, das Haus. Schuldgefühle quälten ihn noch immer, seine politischen Freunde, die im Gefängnis saßen, im Stich gelassen zu haben. Aber eine Gefangenschaft hätte für ihn den Tod bedeutet. Grausame Haftbedingungen. Folter und Nahrungsentzug.

Mein kleiner Minnigerode in Ketten. Tödlich erkrankt.

Nach dieser Begegnung hatte er Angst bekommen, Fein würde sich an ihm rächen. Aber nichts war in den folgenden Monaten geschehen.

8

Wie vielfältig, dachte Büchner, sind die italienischen Märchen, brutal und einfältig, archaisch und süßlich. Einige Motive finden sich in deutschen Märchen, andere nicht, am Ende gibt's ein Sprichwort, hinter Cenerentola, Petrosinella und Nennillo und Nennella verstecken sich Aschenputtel, Rapunzel und Brüderchen und Schwesterchen, herrlich die Ungeheuer und die Prüfungen, die goldenen Haare als Leiter, der Floh als verzaubertes Tier, sprechende Menschenknochen, magische Orte, viereckige Berge und das Seifenmeer.
Worte und Sätze will ich heraussuchen und aufschreiben, vielleicht brauche ich sie für mein Theaterstück über Aretino.

O Vater, grausamer Vater, wilde Katzen haben dich gesäugt, Dattelbaum, putz mich heraus, pack dich, du Klotz, marschier du Pinsel, fort mit dir, steh auf Prügel, leg dich nieder Prügel, tick hier, tack da, Prinzesschen Tausendschön, dies Fell ist das Fell des Königs der Flöhe, Vögelein, Vögelein, hüte dich vor dem Kettelein, es regnete Rosinen und trockene Feigen, komm Aschenkatze sei mein Liebäuglein, iss von der Himmelspastete, o' wie lecker sind die Mauern aus Marzipan, mein liebes Kussmäulchen, du bist so nackt wie eine Laus, schmeiß dich in den Graben, fressen dich die Raben, Bettpisser, Klapperbein, Dreckpeter, hast einen Kopf dicker als ein Kürbis, es gibt Prügelsuppe, der Esel scheißt Diamanten, Perlen und Rubine, aus der Haselnuss springt eine goldspinnende Puppe.

9

Freundlich, auch das kam vor, fragte Jaegle seine Tochter, als sie an einem Abend um den Tisch herum saßen, wie ihr Gesangsunterricht, den sie seit einigen Jahren nahm, verlaufen sei. Auch Büchner war gespannt.

Und Minna erzählte, dass ihr Gesangslehrer Monsieur Goupil sich herabgelassen hatte, das Lied *Geh aus, mein Herz, und suche Freud* mit ihr einzustudieren, zwar ein Sommerlied, aber ein Lied, so richtig zum Trost.

Sie musste ihre Zwerchfellatmung aktivieren, Vokale in der Zeile *Geh aus, mein Herz* üben, da Goupil nicht zufrieden war, aus dem ei in dem Wort mein Herz musste ein ai werden, das ai musste sie singen, um den Kiefer zu öffnen.

„Öffnen Sie den Kiefer, habe ich Ihnen doch gesagt, sie sollen den Kiefer öffnen, noch einmal, noch einmal, aus dem e bei dem Wort Herz muss ein ä werden, ä, ä," rief er, „singen Sie das ä, und

das z in dem Wort Herz, hören Sie, hören Sie, das müssen Sie abrupt beenden, versuchen Sie es, nein, nein, so geht es nicht, Spannung halten, damit Sie wieder atmen können, der Körper ist ein Klangkörper, ein schöner Klangkörper, das z in dem Wort Herz sollten Sie knapp singen."
Das hatte Minna so schnell heruntergeschnurrt, dass es für alle eine Freude war.
„Da hast du also schon viel gelernt", meinte der Vater.
„Volkslieder liebt er gar nicht", rief sie. In die Niederungen der Volksseele wollte er nicht hinabsteigen.
„Zu seinem Schaden" , bemerkte Büchner. „Ihr wisst ja, wie ich Volkslieder schätze."
Italienische Volkslieder, dachte er, muss ich für den Aretino finden, deftige Volkslieder, die einen packen. Wie in *Dantons Tod* schreit das Volk auf der Gasse, ist brutal und zotig, dass einem graut. Gemeinschaftlich schließt sich das Volk zusammen und singt, als müsste es alle Tabus brechen. Und wie redet das Volk? In kurzen,

knappen Sätzen mit vielen Auslassungen, dachte er, so spricht das Volk. Schnell wirft es Worte hin. Zuweilen in poetischen Bildern.

Zu gerne lauschte Büchner Minnas heller, geschulter Gesangsstimme. Jeden Nachmittag sang sie Abschiedslieder aus *Des Knaben Wunderhorn*, jener Sammlung von Achim von Arnim und Clemens Brentano.

Scheiden, ach, Scheiden, ach Scheiden, wer hat sich das Scheiden erdacht, und es schneit ja keine Rosen und regnet auch keinen Wein, da kommst du denn nicht wieder, Herzallerliebster mein, und noch viel größer ist der Schmerz, wenn ein treu geliebtes Herz in die Fremde zieht, und ade, jetzt muss ich scheiden, und auf dieser Welt habe ich kein Freud, ich habe einen Schatz und der ist weit.
Büchner und Minna saßen, eng aneinander gelehnt, und wischten sich die Tränen von den Wangen.

An einem der Nachmittage wollte Büchner, und er sah Minna verschmitzt an, dass sie das Lied vom Klapperstorch singt, was sie gerne tat.

Stork, Stork, schniwel, schnawel,
Will die lehrä z'ässe tragä,
Mornä, morgä, friäi,
Wenn der Hawer bliäit
Wenn der Miller pfift,
Wenn der Beck in d`Hose schisst

Über diese derb-komischen Lieder lachten beide, bis ihnen, nun aus anderen Gründen, Tränen in die Augen schossen.

10

Als Peppi im Bett lag, hatte er Angst. Angst einzuschlafen. Angst, sich aufzulösen. Angst unter der Decke zu ersticken. Schnell die Treppen hoch in Büchners Zimmer. Schorsch, der am Tisch saß und schrieb, drehte sich um und Peppi stürzte auf ihn zu und umarmte ihn.

„Was ist?" fragte Büchner erschrocken, der aufgesprungen war, Peppi von sich weg schob und ihn ansah.

„Hilf mir!" rief Peppi. „Wächter werden mich holen. Kommen durch Fenster. Durch Türen und Wände. Kommen von weit her. Von der schwarzen Sonne. Dem schwarzen Mond. Den schwarzen Sternen. Sie kommen von der schwarzen Mutter. Dem schwarzen Onkel. Und sie stecken mich ins Joch!"

„Ganz ruhig", flüsterte Büchner, der Peppi über den Kopf strich, „es passiert dir nichts. Geh schlafen."

Aber Peppi wandte sich zum Tisch und kramte in dessen Papieren.
„Lass meine Papiere in Ruhe", sagte Büchner streng und schob Peppi in Richtung Tür. Aber dieser befreite sich, rannte zum Bett, in das er, fest eingewickelt in seinen Wintermantel, schlüpfte und sich das dicke Federbett über seinen Kopf zog, so dass nur eine Beule zu sehen war.

Dass der Schorsch ihn mit lauter Stimme aus dem Bett geworfen hatte, machte Peppi tagelang wütend. Nur das Onanieren, das er häufig ausübte, half gegen seine Wut. Wenn er Büchner sah, ging er ihm aus dem Weg.

Als er einmal auf dem Abort die schwarzen Fliegen, die im dunklen Loch saßen, mit seinem Samen bespritzte und an Schorsch dachte, kam sein Onkel herein, sah ihn, schrie: „Zieh dich an!" und zog ihn an seinen Locken auf den Hof, wo er ihn ohrfeigte, sodass er in den Dreck fiel.

„Untersteh' dich, das noch einmal zu machen", rief der Onkel, über ihn gebeugt. "Wirst noch blöder im Kopf! Sonst stecke ich dich wieder in den Turm!"
„Bitte, lieber Onkel, sperr mich nicht weg, will es nicht wieder tun", bettelte er ihn an, sah von unten in seine Nasenlöcher, aus denen schwarze Haare schauten.
Unheimlich war es dem Peppi, dass die Schwärze so häufig in der Welt war.
Auch in der folgenden Zeit konnte Peppi die Sünde nicht lassen, obwohl er sich auf die Hände geschlagen hatte.

Musste eine Kutsche mit einem schwarzen Hengst am nächsten Morgen vor der Weinhandlung halten, aus der eine schöne Madame schaute, ein buntes Hütchen auf dem Kopf, kugelrunde, dunkle Augen und einen hochgeschlossenen Mantel an. Musste Schorsch an ihm vorbeilaufen, ihn grüßen, ihm zurufen, das sei seine Verlobte, den Verschlag öffnen, in die

Kutsche steigen und davon fahren. Musste er zurückbleiben, während brauner Staub aufwirbelte und ihn bedeckte. Musste der Schorsch mit seinem Minnamädla in einer Kutsche sitzen, eng aneinander gepresst, ihre Hand nehmen und sie drücken und „liebes Mädla" sagen.

Da musste er sich am Abend anfassen, konnte es nicht lassen und es war schlimm, dass er nicht anders konnte.

11

Was für ein Kind, der Peppi. Aber böse kann ich ihm nicht sein, dachte Büchner auf dem Weg in die Bibliothek, in der er sich einen Bildband von Tizian, der Aretino gemalt hatte, ansehen wollte. Kurz vor dem Münster, dessen Spitze hoch über die Dächer ragte, traf er den Direktor der Psychiatrischen Anstalt, Ristelhueber, den er von seinem Studium kannte. Ein Aufklärer, der viele Erleichterungen für die Patienten eingeführt hatte. Die Geisteskranken dürfen nicht angekettet und nicht gequält werden. Auch nicht mit Worten. Sehr ehrenwert, wenn es mal umgesetzt würde.

Peppi hatte kalte Duschen auf den Kopf bekommen, wurde bis zur Bewusstlosigkeit auf einem Drehstuhl herumgeschleudert und in eine Zwangsjacke gesteckt.

„Dass ich Sie treffe!" rief Ristelhueber, ein schmächtiger Mann mit flinken, dunklen Augen.

„Gerade bin ich dem Peppi auf dem Place Saint-Pierre-le-jeune begegnet und er hat von Ihnen gesprochen."
„Von mir?"
„Ziemlich wirres Zeug. Dass er ein einsam Ding auf der Welt sei, keinen Vater und keine Mutter habe und kein Mädla, und auch keinen Schorsch. Da war von einem grantigen Kopisten die Rede, die gehörten alle vertrimmt. Verstehen Sie das?"
„Peppi redet manchmal krauses Zeug. Er ist eifersüchtig, dass ich schreibe. Meine schriftstellerische Arbeit hält er für ein Unglück."
„Verrückt. Sehen Sie. Nehmen Sie sich in Acht!" Ristelhueber warnte ihn noch einmal vor dem Verrückten, den er für unberechenbar hielt, ja, auch für gefährlich.
„Unberechenbar ja, aber nicht gefährlich", war Büchners knappe Antwort.
„Sie werden an mich denken!", rief der Direktor, der von einem Bein aufs andere trat, ihm zunickte und sich schnell verabschiedete.
Wie selbstgefällig, dachte Büchner.

Als gäbe es im Gedächtnis Perlenschnüre, auf denen die Erfahrungen sich wie Perlen reihen, fiel Büchner, als er seinen Weg zur Bibliothek fortsetzte, eine Geschichte aus seiner Kindheit ein, eine Geschichte, die er vergessen hatte, die in verschwommenen Bildern wieder auftauchte. Vielleicht war er sechs Jahre alt gewesen.
Auf einer Bank hatte ein Mann gesessen, rothaarig und dick, vor dem er sich fürchtete. Wo war sein Vater? Seine Mutter? „Nimm Platz!" Zaghaft setzte er sich, die Angst verschwand, als der Mann anfing zu reden.
„Weißt du, dass die Erde bald verglüht?"
„Nein", antwortete Büchner.
„Stimmen hätten Meldung gemacht."
„Was für Stimmen?" wollte Büchner wissen, der neugierig geworden war.
„Ich habe Kontakt mit Engeln."
Das fand Büchner höchst aufregend. „Wie sehen die aus?"
„Das sind Menschen mit Vogelleibern."
„Die kenne ich aus meinem griechischen Buch.

Dort heißen sie Sirenen."
Der Mann beugte sich nah an ihn heran und flüsterte, ob er nicht mitkommen wolle zu den Engeln und sie kennen lernen.
„Ja", sagte Büchner leise, „das möchte ich."
Dann gab es ein Geschrei. Die Gehilfin seines Vaters stürzte herbei, zerrte den Mann mit sich, der sich Hilfe suchend nach Büchner umsah.
Du hast wohl deine verstorbenen Geschwister bei den Engeln suchen wollen, hatte seine Mutter später zu ihm gesagt, und Büchner hatte mit gesenktem Kopf genickt. Denn im Traum waren sie ihm erschienen, als sie über die Erde schwebten. Hatten mit ihren Puppengesichtern aus Porzellan gewunken.

Dass Kinder sich den Tod als einfachen Übergang vorstellen, daran dachte Büchner, als er sich in der kleinen Bibliothek die Abbildung von Aretino ansah. Unerwartet heftig hatte ihn das Bild des Dichters getroffen, als säße er ihm leibhaftig gegenüber. Langer Bart. Lange Haare. In einen prächtigen Mantel aus Samt und Seide gehüllt, auf dem warmes Licht ruhte, blickte Aretino nach rechts, das Gesicht war das Zentrum des Bildes, als spräche er mit einem unsichtbaren Gegenüber.

12

Nur noch zwei Wochen bis zu seiner Abreise. Aufgeregt hatte er den Brief von der Philosophischen Fakultät aufgerissen, in dem seine Zulassung als Privatdozent steckte. Als er Minna davon erzählte, presste sie ihren Mund zusammen, kämpfte gegen ihre Tränen.
„Wir werden uns bald wieder sehen", versuchte Büchner sie aufzumuntern.
„Du kennst meinen Vater, der will mich ans Haus binden. Daher weiß ich nicht, ob ich dich jemals besuchen darf."
„Wir sperren den Vater mit einer Haushälterin ein und dann reist du allein nach Zürich."
Über seinen Scherz musste sie lächeln, so dass ihre Tränen versiegten.
„Ich bin nur einen Katzensprung entfernt."
„Einen Katersprung", entgegnete sie ihm und nun lachten beide.
Der Abschied hatte für sie eine andere Färbung

als für ihn. Sie fühlte sich als die Zurückgelassene, er brach auf in ein neues Leben, obwohl er sich auch davor fürchtete, in die Fremde zu gehen, und er erinnerte sich an seine Studienzeit in Gießen, in der er sie schrecklich vermisst hatte. *Ich bin allein, wie im Grabe; wann erweckt mich Deine Hand?* schrieb er ihr damals. *Dein Schatten schwebt immer vor mir, wie das Lichtzittern, wenn man in die Sonne gesehen.*

„Du wirst mir fehlen", sagte er und fügte hinzu. „Du bist meine Sonne und mein Mond, mein Tag und meine Nacht, mein Gott und mein Teufel."
„Du Schlimmer", rief sie und sie jagten sich durchs Haus, sprangen die Treppen auf und ab, stießen die Töpfe in der Küche um, zerbrachen Geschirr, fielen sich in die Arme und lachten und weinten.

Jeden Tag sahen sie sich, gingen spazieren und versicherten, Kater und Katze müssen zusammenbleiben und beide werden, sobald es möglich ist, heiraten. Keiner konnte ahnen, dass ihre Hoffnungen schon bald ein jähes Ende finden würden.

Unwillig ging Büchner mit ihr zum Gottesdienst in die Wilhelm Kirche, um ihr einen Gefallen zu tun. Lieber hätte er an einer Szene, die er angefangen hatte, weiter geschrieben. Einer Szene, die im Freudenhaus spielte: Wie sich die Kurtisanen über Priester und Mönche lustig machen. Wichtig die unterschiedliche Sprache der Figuren. Das Salbungsvolle in der Rede des Priesters. Das Ironische bei Aretino. Das Obszöne der Kurtisanen.
Er begleitete Minna in die Kirche, obwohl er ein Skeptiker war, der das werte Ich, Glauben und Gott hinterfragte. Die innige Verbindung zu Gott, die Herzensfrömmigkeit, wie es die Pietisten nannten, war ihm fremd. Als Minna einmal vom inneren Licht gesprochen hatte, dem sie folge, blickte Büchner sie verständnislos an.
Der Glaube bestimme den Menschen, hatte sie

gesagt, und nicht das Denken. Den entscheidenden philosophischen Satz, der die Neuzeit begründete, *Ich denke, also bin ich*, hatte Minna nicht gelten lassen.

An einem Nachmittag sprachen sie mal wieder vom gemeinsamen Leben in Zürich, dem Haus, dass sie bewohnen würden, vielleicht sogar am See, schwärmte Minna, wenn er eine feste Stellung bekommen würde.
„Dein Fisch, die Barbe, wird dir Glück bringen".
Minna sah ihn freudig an und nahm seine Hand.
„Schon möglich", rief er, „aber ich möchte mit meiner Schreiberei Geld verdienen".
Sie lächelte, aber er hatte das Gefühl, dass sie nicht so Recht daran glaube. Immer wieder küssten sie sich, und bedauerten, dass der Vater kaum noch aus dem Haus ging.
Plötzlich, unerwartet für Büchner, löste sie sich aus der Umarmung, richtete sich gerade auf, und fragte, wie weit er mit seinem Theaterstück über Aretino sei und er antwortete vergnügt, er habe

die Kurtisanengespräche von Aretino gelesen, die 1535 in Venedig erschienen seien, köstlich.

Minna wollte mehr über diese Gespräche erfahren und er erzählte ihr von dem Dialog zwischen Nanna und Antonia, zwei Kurtisanen, die sich darüber verständigen, was aus Pippa, der Tochter von Nanna, werden sollte.

„Beide Frauen", fuhr Büchner fort, „empfehlen Pippa ein unabhängiges Kurtisanenleben, keine Ehe und auch kein Nonnendasein."

„Aretino hatte wohl keine gute Meinung von der Ehe", meinte Minna und Büchner antwortete erstaunt, sie wisse doch, dass Männer häufig Tyrannen seien.

Sicher, aber sie glaube an die Vorzüge der Ehe. Sie sehe nicht ein, warum ein Kurtisanendasein besser sein solle.

Um das Gespräch zu entspannen und daran war ihm sehr gelegen, schmunzelte er und sagte, dir würde ich die Ehe auf jeden Fall empfehlen.

So leicht schien Minna sich nicht zufrieden zu geben, die, wie immer, neugierig war, geradezu hartnäckig. Büchner konnte nicht ausschließen, dass sie ihn kontrollieren wollte.

„Und was schreibst du für Hurengespräche?" fragte sie herausfordernd und durchaus belustigt. Büchner gab sich selbstbewusst. „In einer Szene vergnügt sich Aretino, auf den ein Anschlag von Seiten der Kurie wegen Gotteslästerung ausgeübt werden soll, in einem Freudenhaus und zieht mit den Huren so richtig über die Kirche her."

Da Büchner Minnas Ablehnung spürte, verschwieg er, wie sehr es ihm Spaß gemacht hatte, die Huren respektlos reden zu lassen.

Gelegentlich vergaß er Minnas pietistische Erziehung.

Sie verzog ihren Mund und sagte leise, müsse er denn die Kirche kritisieren, befremdet fragte er, was sie meine und zaghaft, geradezu vorsichtig antwortete sie, die Anstößigkeit seines Stückes würde ihm schaden, und Büchner hatte das Gefühl, sie werfe ihm Atheismus und Intoleranz vor, daher bemerkte er nur lakonisch, er versuche der historischen Figur Aretino gerecht zu werden,

worauf sie, als sie spürte, dass sie ihn verletzt hatte, begütigend ihre Hand auf seinen Arm legte und sagte, „vielleicht strengst du dich so an, um deinem Vater zu beweisen, dass mit dir alles gut ausgeht?"
Seit er aus Darmstadt geflohen war, hatte ihm der Sturkopf kein Geld mehr gegeben. Ohne das Geld seiner Mutter und Großmutter kam er nicht aus. Zunächst widersprach er, dann lenkte er ein. „Kluges Fräulein Schönbein."

Spannungen zwischen ihnen hielten nicht lange an. Büchner oder Minna versöhnten sich schnell, traten Probleme auf. Obwohl sie unterschiedliche politische Einstellungen hatten, stritten sie sich nicht. Selbst dann nicht, als sie ihn für naiv gehalten hatte. Damals, als er nach Straßburg geflohen war.
Ja, er hatte geglaubt, die Bauern könnten in Hessen die Fürsten verjagen. Eine Fehleinschätzung, natürlich. Als er einmal davon gesprochen hatte, dass nur Gewalt helfe, die unwürdigen

Verhältnisse zu ändern, war sie über seine Heftigkeit erschrocken, obwohl sie auch die Armen bemitleidete und die Verschwendungssucht der Reichen ablehnte, aber sie hielt sich in ihrer Kritik zurück.

Zu Hause schrieb er weiter an der Hurenszene, freute sich an den drastischen Dialogen, den respektlosen Äußerungen der Huren, den salbungsvollen Reden der Geistlichkeit und Aretinos Frechheit.

13

Drei Tage waren vergangen. Auf dem Weg zum Kopisten war Peppi so richtig wütend, schlug zuweilen mit der Faust gegen die Wand. Schon sah er Büchners Theaterstück in der Ill davonschwimmen und in die Tiefe sinken.
Er hatte kein Mädla, aber der Schorsch besaß ein Mädla, das Minnamädla. Vielleicht konnte er dem Schorsch sein Mädla ausreden? Wofür brauchte er ein Mädla? Am besten man würde es mit einem Stein am Fuß im Fluss versenken. Vielleicht fand sich noch ein anderer Weg, sie zu beseitigen. Er könnte so lange auf ihr herumhopsen, bis sie keine Luft mehr bekam. Oder er könnte ein Weinfass über sie rollen, so dass sie ganz platt sein würde.
Nichts half. Auch das Lied nicht, das er sang:

Äne däne dibie
Äne däne dibie

S'kama drei Kaminieh
Fragen nach dem Joseph
Joseph ist der beschta Mann
Hat die schönsta Kleider an
Mutter tot, Vater tot
Brengt dem Joseph Butterbrod
Butterbrod begehr i net
Hanns Dännela heiß i
Scheni Mädla weiß i
Eins zwei drei
Du besch frei

Eingewickelt in seinen dicken Wintermantel, da der Herbstwind stürmte, freute sich Peppi über seinen Plan, das Manuskript selbst abzuholen. Dann hätte der Schorsch mehr Zeit für ihn. Verwirrt, wie Peppi zuweilen war, hatte er vergessen, dass Büchners Abreise drohte und er allein in Straßburg zurückbleiben musste. Schon sah er Büchners Theaterstück, Original und Kopie, in der Ill davonschwimmen und in die Tiefe sinken. Schnell lief er zurück zu seinen Weinfässern.

Peppi versuchte vergeblich, den Kopisten zur Herausgabe des Manuskripts zu bewegen. Ein Freund von Büchner sei er, ein Freund, rief er, aber der Kopist ließ nichts gelten, schimpfte, da könne ja jeder kommen, und schickte ihn fort.
In der Nacht konnte er nicht schlafen. Angst, der Schorsch würde sterben und zu Staub zerfallen. Alle Menschen, die er kannte, stellte er sich zuweilen tot vor. Der Peppi ist Staub, der Onkel ist Staub und der Schorsch ist Staub. Mutter Gottes, hilf. Unterm Bett, fest auf die Dielen gedrückt, war ihm auch nicht wohler. Ich habe einen guten Onkel. Ich habe einen guten Mantel, sprach er litaneiartig vor sich hin. Ich habe einen guten Schorsch. Ich habe eine gute Mutter Gottes. Ich habe einen guten Herrn Jesus.

14

Auf der Ill tanzende Sonnenflecken. Ruhig dahin gleitende Fischerboote. Vorbei an einem Kaffeegarten in der Nähe des Jüdentors, wo er mit Minna einige Male geschlemmt hatte. Sah Drahtseilartisten, kleine Musikkapellen. Ein Tanzbär, so schien es, weinte.

Er klopfte bei Lauger, bekam nur die von Tinte verfärbte Hand des Kopisten zu Gesicht, die ihm durch den Türschlitz eine Mappe, aus der Papierecken schauten, mit den schnöden Worten reichte, „Keine Zeit!", dann schlug die Tür ins Schloss. Verärgert über dieses wankelmütige Verhalten machte Büchner sich auf den Weg nach Hause. Nun musste er seinen Aretinotext mit nach Zürich nehmen, dort einen zuverlässigen Kopisten suchen. Angst stieg in ihm hoch, das Original könnte verloren gehen. Die Szenen, die er bisher geschrieben hatte, waren zwar auch in seinem Tagebuch, in das er alles hineinkritzelte, allerdings nicht in voller Länge und noch weniger gut leserlich. Ging sein Original verloren, hätte er noch seine Aufzeichnungen. Dennoch packte er, in seinem Zimmer angekommen, sein Manuskript in den alten Lederkoffer und schob ihn unters Bett. Noch sieben Tage bis zur Abreise.

Nach drei Tagen suchte Peppi in Büchners Zimmer nach dem Manuskript, fand im Koffer den Papierstapel voller Gekrakel und juchzte, indem er die Arme hochwarf und sieben Mal im Kreis herum rannte. Sieben Mal. Auch Gott hatte die Erde und die Menschen an sieben Tagen geschaffen.

In der Nacht ging er an die Ill, an eine gut erreichbare Stelle, an der Büsche wuchsen und sprach mit dem Wassermann, bat ihn um Wohlwollen.

„Bitte, lieber Wassermann, nehme die Papiere vom Schorsch auf. Verehrter Wassergott, sei nicht

böse, wenn sie auf deinem Grund landen, in deinen Schlingpflanzen sich verfangen, sei gnädig, und umarme sie mit deinem mächtigen Körper, denn dein Reich komme, sage deinen Fischen, sie können die Papiere fressen, bestimmt ein gutes Futter! Dein Peppi braucht den Schorsch, wenn er da ist und nicht schreibt, der soll nicht so viel kritzeln, das macht ihn krank und hohläugig. Verzeih' Mutter Gottes, verzeih' Herr Jesus, dass meine Zuversicht auch dem Wassergott gilt."
Peppi umschnürte das Manuskript mit einem Seil, befestigte daran einen großen Stein und warf es in die Ill.
Da einige Sterne auf dem Wasser flimmerten, als seien sie hineingefallen, konnte er sehen, wie das Manuskript in die Tiefe gesogen wurde.

Am nächsten Morgen in aller Frühe, nachdem Peppi erwacht war, setzte er sich benommen auf, schlug sich an seinen Kopf und dachte. Was habe ich da nur geträumt? Ich habe das Geschmiere vom Schorsch mit einem Stein umwickelt und in die Ill geworfen. Habe es dem Wassermann übergeben, der es gnädig aufgenommen hat. Oder war er selbst gestern Abend mit dem Gekritzel ans Wasser gegangen und hatte dort die Papiere hineingeworfen?

15

Auf dem Weg zur Abendgesellschaft seines ehemaligen Professors für Zoologie Duvernoy, von dem er sich verabschieden musste, dachte Büchner an den Traum, den er letzte Nacht geträumt hatte.
Weidig kam im Talar auf ihn zugelaufen, um ihn zu umarmen, Büchner hielt ihm sein Aretino-Manuskript entgegen, als ob er ihn damit beschwichtigen wollte. Becker wurde von Wärtern geschlagen und getreten, an seinen langen Haaren an einem Gitter aufgehängt. Minnigerode, der nach ihm rief, starb in seiner lichtlosen Zelle.
Immer wenn er sich an Weidig, Becker und Minnigerode, seine verhafteten Freunde, erinnerte, war es ihm, als öffne sich eine Erdspalte und er versänke in ihr. Vielleicht hatte er sein Drama über Aretino für sie geschrieben, um ihnen Mut zu machen. Er lachte ein wenig gequält in sich

hinein, so richtig konnte er es nicht glauben. Natürlich war es sein Wunsch, Pamphlete mögen die Mächtigen dieser Welt beeinflussen, aber seine Melancholie folgte ihm wie ein Schatten.
Büchner, viel zu spät, hastete die Stiegen des mittelalterlichen Hauses hoch und wurde von einem Diener in den großen, holzgetäfelten, von Öllampen erhellten Raum begleitet. Sein rotsamtiger Rock, der seine republikanische Gesinnung zeigte, leuchtete im warmen Licht.
Einige bekannte Gesichter, viele Professoren von der Universität, Männer in schwarzen Fräcken, die in Gruppen standen und redeten. Diener schwebten zwischen ihnen, brachten Getränke. Am liebsten wäre er wieder gegangen, so elend und entfremdet fühlte er sich. Alle diese ehrwürdigen Leute nahmen sich unendlich wichtig und bildeten sich auf ihre Philosophie etwas ein. Die Damen saßen artig auf zierlichen Stühlen oder auf dem Sofa. Ihre mit Girlanden und Schleifen verzierten Haarpyramiden zwangen sie zu aufrechter Haltung. Die Hammelkeulenärmel

ihrer ausgeschnittenen Kleider bauschten sich gewaltig.

Vielleicht ziehen sie über ihre Gatten her, dachte Büchner und schmunzelte. Auch eine Form von Widerstand.

Erfreut begrüßte ihn Duvernoy, der ihm die Hand schüttelte und ihn in ein Gespräch verwickelte. Sein Backenbart rahmte sein Gesicht ein und gab ihm etwas Würdevolles.

„Da sind Sie ja, mein junger Gelehrter. Es freut mich, dass Sie uns noch mit Ihrer Gegenwart beehren, obwohl sie uns ja demnächst verlassen."

„Ich bin gespannt, ob die Schweizer meine Erkenntnisse über die Anatomie der Barbe genauso schätzen werden wie die Straßburger."

„Sicher. Sicher. Die Schweizer verstehen sich weniger aufs Gehirn der Menschen, als aufs Gehirn der Fische." Duvernoy lachte über seinen Witz, auch Büchner schmunzelte und erzählte ihm, dass er sich mit Descartes und Spinoza beschäftigen musste, da er immer noch nicht wisse, ob er in Zürich Philosophie lehren würde.

Duvernoy schüttelte den Kopf und sah ihn mitleidig an. „Daher sehen Sie so müde aus. Warum arbeiten Sie so viel?"

„Es muss sein", wehrte Büchner ab, der väterliche Fürsorge schwer ertrug. Gegen seinen eigenen Arbeitseifer war er machtlos. Auch wusste er, dass er sich mit zu vielen Dingen auf einmal beschäftigte. Anatomie, Philosophie und Dramatik. *Leonce und Lena*, *Woyzeck* und *Aretino*. Und alle Theaterstücke besaßen einen Anfang, aber kein Ende. Drei unfertige Theaterstücke im Gepäck, die er alle überarbeiten musste.

Gelegentlich war es vorgekommen, dass er über sein Medizinerdasein gestöhnt hatte.

Gutzkow, Schriftstellerkollege und Förderer, hatte ihm geraten, nicht ungerecht gegen den Medizinerberuf zu sein, denn seinem Studium hätte er zu verdanken, dass er so unbefangen schreiben würde. Seine Texte glichen einer Leichenöffnung. Wunderbare Äußerung.

„Der Mensch ist keine Maschine, auch wenn das ein Philosoph behauptet", ereiferte sich

Duvernoy, der sich immer wieder im holzgetäfelten Raum umsah. „Ich wünsche Ihnen, dass Sie Anatomie lehren werden. Das Experimentieren wird häufig genug durch unnützes Philosophieren behindert", entrüstete er sich. „Die Natur muss durch Experimente zu einer Antwort genötigt werden. Schon Francis Bacon sagte, wir müssen die Natur auf die Folter spannen und die letzten Geheimnisse aus ihr herauspressen."
Duvernoy, der ihn in allem an seinen Vater erinnerte, verstand sich als Empiriker und verabscheute neumodische Spekulationen.
„Und dann?" Büchner konnte die Verherrlichung der Empirie und die Verachtung aller Ideen schwer ertragen. Dennoch eine interessante Äußerung von Bacon, die er für das Aretino-Drama verwenden könnte.
Duvernoy, der nicht auf Büchners Frage eingegangen war, lachte kollernd und prustend, bis sein Gesicht rot anlief.
„Unlängst las ich von einem Armeearzt, der einen Soldaten behandelt hat, dessen Magen

durch eine Machete verletzt worden war. Um seine Verdauung zu studieren, ließ er ein Loch im Magen offen. Durch das hat er Speisen eingeführt. Als die Versuchsperson weglaufen wollte, ließ der Arzt ihn wieder einfangen. Großartig, nicht wahr?"
Solche Experimente fänden nicht seine Anerkennung, wandte Büchner ein, dem unbehaglich zumute geworden war.
„Mein lieber, guter Freund. Ihre Anteilnahme in allen Ehren, aber es geht um die Wissenschaft, um den Fortschritt in der Wissenschaft."
„Da haben wir wohl eine unterschiedliche Auffassung vom Fortschritt", presste Büchner hervor, der, hellsichtig, den Machtanspruch der experimentellen Forschung erkannt hatte. Die Natur, kein zu schützendes Gut, ist für die medizinische Forschung eine widerständige Materie, auf die Zwang ausgeübt werden muss, dachte er, der Mensch, ein hilfloses, dem Tod ausgeliefertes Wesen, erträgt keine Geheimnisse, muss sich die Natur gefügig machen und sie unterwerfen.

Ehemalige Professoren gingen an ihnen vorbei, grüßten und schlenderten weiter. Ein alter Diener, der ein Tablett mit Gläsern trug, hielt vor ihnen und reichte ihnen Weißwein. Die Damen saßen immer noch auf dem Sofa, steckten ihre Köpfe zusammen und passten auf, dass ihre bauschigen Ärmel nicht aneinander stießen.

„Auf Ihr Wohl in Ihrer neuen Heimat." Mit einem großen Schluck trank Duvernoy sein Glas aus. „Und vergessen Sie Straßburg nicht!"

„Wie könnte ich." Büchner nippte an dem süffigen Edelzwicker. Viel wollte er nicht trinken, auch nicht lange bleiben, da er vorhatte, in der Nacht eine Szene seines Theaterstückes über Aretino zu bearbeiten.

„Nun muss ich Sie noch ein wenig quälen."
Duvernoy, der nicht aufhören konnte, seinen ehemaligen Schüler herauszufordern, erzählte von anderen Experimenten, von Versuchen an Katzen und Hunden, ohne Betäubung durchgeführt, im Dienste der Wissenschaft, unschön zwar, aber mit erheblichem Gewinn, man müsse ja an den

Nutzen denken und nicht an die Kreaturen. Am Verdienst für die Menschheit müsse man sich ausrichten und nicht am jämmerlichen Geschrei dieser Viecher.

„Ideen können grausam sein", war alles, was Büchner sagte, dafür erntete er ein abfälliges Lächeln. Auch diese Äußerung hinderte Duvernoy nicht, ihm von einem Experiment des Professor Justus Liebig zu erzählen.

„Liebig ist ein guter Freund, der demnächst Experimente an Soldaten durchführen wird. Ernährungsexperimente mit Hülsenfrüchten, damit die Verpflegung des Militärs billiger wird als mit Fleisch. In den unteren Rängen hat man genügend Menschen. So muss man mit dem Staat zusammenarbeiten. Großartiger Bursche, der Liebig!"

Nun reichte es Büchner, der sich mit den Worten verabschiedete, er müsse noch einiges für Zürich tun. Enttäuscht willigte Duvernoy ein, wünschte ihm alles Gute. „Und seien Sie nicht so empfindsam."

Auf dem Weg nach Hause, dachte Büchner noch einmal über das Nahrungsexperiment von Justus Liebig nach, diese Geschichte konnte er gut für den Arzt in seinem Theaterstück *Woyzeck* verwenden. Eine ähnliche Szene brauchte er für sein Theaterstück *Aretino*.

16

Nachdem Peppi gehört hatte, dass Schorsch wegziehen würde, kam es ihm vor, als seien Schorschs Worte wie Würmer in seinen armen Kopf gedrungen und er rannte die Stiegen herunter in die Küche, sah die vor dem Herd sich bückende Magd, die zwanzig Jahre älter war als er, sah den von einem Kleid und einer Schürze bedeckten Hintern, rief: „Du musst mich jetzt lieb haben!" und umarmte die Magd, indem er sich an sie presste. Als sie sich wehrte, Hilferufe ausstieß und um sich schlug, hielt er ihre Arme fest, verschloss ihren Mund, dachte einen Augenblick daran, ihre Kehle zuzudrücken, ließ aber von ihr, weil die Mutter Gottes ihm abriet, schob die zitternde Magd mit dem entsetzten Gesicht von sich weg und rief: „Bitte sei still, ich tue dir nichts!" und er rannte aus der Küche auf den Hof, verbarg sich im Aborthäuschen, der Hölle, wo die schwarzen Fliegen ihn umschwirrten.

17

Unmöglich von ihm, sich von Peppi zu verabschieden. Peppis leidendes Gesicht könnte er nicht ertragen. Im Bürgerhospital wird er wohl sein Leben lang bleiben. Angekettet. Kalte Duschen. Daran dachte Büchner, als sein Blick auf die dreiundzwanzig Kerzen fiel, die einen warmen Schein auf das weiße Tischtuch warfen und die Gesichter von Minna und Jaegle erhellten, die mit ihm um den Esstisch saßen. Dreiundzwanzig Küsse hatte Minna ihm auf die Wange gedrückt. Dreiundzwanzig Brotmännchen gebacken und aufgestellt, eine Erinnerung an sein Theaterstück *Dantons Tod*, in dem von Brotmännchen die Rede war. Mehrere Flammkuchen, salzige wie süße, mit Gemüse und Schafskäse oder Äpfeln und Birnen belegt, Schmand bestrichen, standen auf dem festlich geschmückten Tisch, den eine kostbare Spitzendecke zierte, und alle drei ließen sich das Essen schmecken. Nicht mehr an Peppi denken, nahm sich Büchner vor. Minna und Jaegle prosteten ihm zu und wünschten ihm alles Gute zum Geburtstag.

Der Pfarrer war auffallend schweigsam, verschlang das zweite Stück Flammkuchen, den Minna wieder so großartig gezaubert hatte, es schien, als helfe ihm seine Gefräßigkeit, die Trauer zu dämpfen. Minna war bedrückt, senkte häufig ihren Blick, fragte ihn nach organisatorischen Dingen, ein Versuch, sich in Leichtigkeit zu üben, fragte nach seinem arg kleinen Zimmer in Zürich.

„Später werde ich mir ein größeres suchen. Die meiste Zeit werde ich an der Universität Fische präparieren und wenn ich nach Hause komme, werde ich meine Küsse eintüten und dir senden." Inzwischen war es klar, dass er Dozent für Vergleichende Anatomie werden würde. Das hatten sie ihm mitgeteilt und ihm war es nicht unrecht. Über Büchners Komik mussten Minna und Jaegle schmunzeln und das Gespräch zwischen ihnen verlief nun weitaus lockerer als vorher.

Sie sprachen über Minnas Lesesucht, die schon einmal einen süßen Flammkuchen ankokeln ließ, fast wäre das Haus abgebrannt, weil sie ein spannendes Buch gelesen hatte. Dicker Rauch machte sich breit, überall roch es nach verkohlten Äpfeln, nach süßem Zimt.
„Sicher ein Romantiker", meinte Jaegle, „natürlich, fiel Büchner ein, Minna verschwindet aus der Welt, wenn sie was Romantisches liest und hinterlässt Zerstörung."
Sie lachten und redeten davon, was der Mensch alles anstellt, ohne sich der Folgen bewusst zu sein. Büchner sprach von der Verzweiflung seines Mörders Woyzeck, den er für seine Tat nicht verantwortlich hielt, da er Wahnvorstellungen hatte, und Jaegle und Minna stimmten ihm zu.
„Ja, der arme Woyzeck, ein interessantes Stück, das du uns vorgelesen hast."
„Ist ja noch nicht fertig", rief Büchner hastig.
Nicht von ungefähr sprachen sie an diesem Abend des Abschieds von Missgeschicken, Verzweiflungstaten und Bösartigkeiten, von schreck-

lichen Dingen und ihnen gelang es, die Trauer zu überspielen. Von einem Kindheitserlebnis musste Büchner reden, das ihn nachträglich, sogar über die Jahre, peinigte: nun erinnerte er sich an die Härte seines Vaters, der so häufig die Gefühle anderer missachtet hatte.

„Wir Kinder hatten einen Dackel, einen dunkelbraunen, quirligen Kerl mit Namen Pütz. Alle in der Familie wunderten sich, dass es Pütz von Tag zu Tag schlechter ging und er eines Tages verschwunden war. „Ist der Dackel gestorben?" Habe ich den Vater gefragt, erhielt aber keine Antwort. Meine Mutter wusste nichts, drückte mich an sich - mit feuchten Augen. An einem Abend, als mein Bruder Wilhelm und ich der Mutter beim Erbsenpulen halfen, das weiß ich noch, wir sollten nicht faul sein, so der Vater, hat er sich zu uns gesetzt und von seinem Experiment mit Pütz erzählt.

Er hatte dem Dackel Stecknadeln ins Futter gemischt, um zu sehen, ob dieser daran stirbt, denn eine Patientin von ihm brachte sich auf diese

Weise um.

„Mein Vater verstand sich als Naturforscher. Seine Haltung war völlig mitleidlos. Pütz muss einen qualvollen Tod gestorben sein", sagte Büchner und senkte seinen Kopf. „Noch heute höre ich das leise Stöhnen der Mutter, den bedauernden Ruf meines jüngeren Bruders, erinnere mich an mein eigenes widerständiges Schweigen."

Büchner erzählte nicht, dass er damals neben dem Abscheu auch Bewunderung dem Vater gegenüber empfand, angesichts dessen Neugier und Skrupellosigkeit.

Jaegle und Minna beschuldigten die Experimentierfreude der neuen Naturwissenschaft, die nicht das Leiden der Kreatur sähe, beklagten den Abfall von Gott, der solche Haltung erst ermögliche.

Büchner stimmte zu, dachte allerdings, dass die Naturforscher, wie auch sein Vater, streng gläubig waren.

„Hat dein Vater dir geschrieben, nun da du Privatdozent in Zürich wirst?" wollte Jaegle wissen.

„Nein. Mein Vater ist halsstarrig. Noch immer nimmt er mir übel, dass ich mich landesverräterisch betätigt habe."

„Er könnte dir endlich verzeihen", meinte Minna und Büchner nickte, griff nach einem mit Äpfeln belegten Stück Flammkuchen und Jaegle rief empört: „Heißt es nicht: Und vergebe ihnen ihre Schuld?"

Am Ende des Abends waren alle vom guten, reichhaltigen Essen und dem süffigen Wein erschöpft, jeder mit sich selbst beschäftigt. Über ihre Gesichter, vom Schein der Kerzen erhellt, huschte Wehmut, bis Büchner genug davon hatte und sich Jaegle zuwandte.

„Du wirst sicher gestatten, dass Minna mich bald besucht."

Zunächst schwieg der Pfarrer, da war wieder dieser düstere Gesichtsausdruck, Büchners und Minnas Blicke begegneten sich, dann sagte er unwillig. „Ich wüsste nicht, mit wem sie reisen könnte. Daraus wird nichts. Das müsst ihr hinnehmen. Erst wenn ihr verheiratet seid, ist überhaupt daran zu denken."

Minna lief weinend hinaus, Büchner, erbost über die Engstirnigkeit seines Schwiegervaters, rief: „Das kannst du uns nicht antun!"

„Schluss jetzt!", rief Jaegle, der allerdings kurz danach einlenkte, und als alle wieder versammelt waren, versprach er, über eine Reise von Minna noch einmal nachzudenken.

Da sein Schwiegervater ihn nicht zur Poststation begleiten würde, reichte Büchner ihm zum Abschied beide Hände, die er fest drückte.

„Bleib gesund`", murmelte Jaegle, nahm seinen Stock und ging langsam nach draußen.

Das Tok, tok, tok klang wie eine Abschiedsmelodie. Büchner und Minna umarmten sich, bis er ihr zuflüsterte: „Wir werden uns bald wiedersehen."

„Ja", sagte sie, „und wenn ich fliehe, der Vater kann mich nicht festbinden, und er antwortete: „Du bist stark, du wirst seine Macht brechen, halsstarrig, wie er ist", und beide waren sicher, dass sie es schaffen würde.

18

Nehmen wir an: Peppi hatte nur geträumt, Büchners Manuskript in die Ill geworfen zu haben.
Daraus folgt: Büchners Manuskript über Aretino blieb in seinem Koffer.
Daraus folgt: Mit seinem letzten Theaterstück im Gepäck fährt er nach Zürich.
Nehmen wir an: Büchners Manuskript über Aretino wird in Zürich abhanden kommen.

19

Nachdem Büchner in die Kutsche gestiegen war, die ihn über Mulhouse, Basel bis nach Zürich bringen würde, das Gepäck lag verstaut auf dem Wagen, die Küsse waren ausgeteilt, schmerzlicher Abschied von Minna, fiel Büchner, eingezwängt zwischen zwei stattlichen Herren, die sich über uninteressante juristische Probleme ausließen, in einen schläfrigen Dämmerzustand. Bilder tauchten auf und verschwanden. Minnas Gestalt vor Augen, glänzender Blick, verspannter Mund. Hab´ dich wohl. Ihre gefasste Haltung, um sich und ihm den Abschied zu erleichtern. Hab dich wohl. Die im Wind flatternden Bänder ihres Hutes. Aretino beugte sich aus dem Rahmen des Gemäldes von Tizian und sagte, schreib über kluge Huren, sein Vater schrie, hör auf mit der Politik, wende dich den Leichen zu.
Während eines Mittagstischs. Was bist du so mürrisch? Isst nichts. Sagst nichts. Hast nur

politischen Kram im Kopf. Büchner antwortete nicht. Lass ihn, versuchte die Mutter den Vater zu beruhigen. Ihr liebes Gesicht. Er muss viel arbeiten. Alle anderen Geschwister schwiegen. Auch Ludwig, das neunjährige Mümmelchen, der sonst viel schnatterte, saß starr am Tisch. Die kluge Luise, die einen krummen Rücken besaß, senkte ihren Kopf. Obwohl Büchner 20 Jahre alt war, hatte ihn das Zittern gepackt, saß er vor dem strengen Vater, von dem er nach seiner Flucht aus Darmstadt keinen Unterhalt bekommen sollte.
Nun braucht er kein Geld mehr, dachte er, weder von der Mutter, noch von jemand anderem.
Sein jüngerer Bruder Wilhelm hatte sogar mehr Angst als er. Einmal waren sie zum Laboratorium des Vaters geschlichen, hatten durch ein Fenster in den geheimnisvollen Raum gesehen, in dem sie verschiedene Mikroskope entdeckten.
„Warum gehen wir nicht hinein?" fragte Büchner seinen Bruder. „Drinnen hängt ein Skelett."
„Es ist verboten", klagte Wilhelm.
„Na und?"

„Der Vater wird zuschlagen."

„Das macht nichts. Er arbeitet. Niemand wird es merken."

„Es kommt heraus." Sein kleiner Bruder begann zu weinen. „Geh nicht! Der Vater kann fürchterlich sein."

Büchner gab nach, obwohl er sich über den Bruder ärgerte. Zu gerne hätte er das menschliche Skelett gesehen, von dem der Vater gesprochen hatte.

An das Märchen vom Filzstiftchen, das seine Mutter ihm vorgelesen hatte, dachte er, ein hessisches Märchen über einen Kobold, der aus der Erde kam und ein Kind forderte, da die Frau in seinem Garten Kirschen geklaut hatte, und erst von seinem Wunsch abließ, als die Frau seinen Namen erriet.

Warum gingen ihm so viele Kindheitsgeschichten durch den Kopf? Als müsste er nun endgültig von seiner Kindheit Abschied nehmen, da er bald eine Stelle als Privatdozent annehmen würde.

Vorbei an ärmlichen Dörfern, die Straßen vom Herbstlaub bedeckt, verschwand das vertraute Straßburg hinter den Hügeln, noch lange sichtbar die Spitze des Münsters.

Zürich 1836/37

20

Leonce und Lena. Woyzeck. Aretino. Seine unfertigen Texte. Büchner ordnete seine Manuskripte auf dem Tisch seines neuen Zimmers im Haus des Regierungsrates und Arztes Dr. med. Hans Ulrich Zehnder, das in der Steingasse auf dem rechten Limmatufer lag. Ein kleines Zimmer, in das kaum Licht fiel. Ein Bett, ein Tisch, ein Schrank. Überall Abwässer und Unrat in der engen Gasse. Der Gestank drang sogar durch die geschlossenen Fenster.

Dr. Zehnder, ein kleiner Mann mit großen Ohren, der Büchner später behandeln wird, ein wenig wie ein großer Frosch aussehend, hatte ihn freundlich aufgenommen, ebenso Wilhelm und Caroline Schulz, seine Freunde aus Straßburg, die neben ihm wohnten und mit denen er die ersten Abende verbrachte.

Beide Republikaner und ihm zugetan, fühlte Büchner sich schon in den ersten Tagen ein wenig heimisch in der Fremde. Auch erinnerte ihn Caroline Schulz an Minna, ihre zugewandte, freundliche Art, ihr weiches Gesicht und die dunklen Augen, die ihn unverwandt ansahen.

Obwohl er müde war, erzählte er ihnen von seinem Abschied aus Straßburg, seiner Doktorarbeit und seinen Theaterstücken.

„Wann hast denn noch Zeit gefunden Theaterstücke zu schreiben?" Caroline sah ihn erstaunt an. Auch Wilhelm blickte verwundert.

„Ja", er lachte, „Sturzgeburten. Nun sitze ich mit drei angefangenen Stücken da. Den *Danton*, das wisst ihr ja, habe ich in vier Wochen nach meinem Studium in Darmstadt geschrieben. Bei meinen Eltern."

„Ja", sie nickten. „Und die anderen Theaterstücke?"

Nun war es Büchner unangenehm über seine drei unfertigen Stücke zu reden, aber Caroline ermutigte ihn fortzufahren.

„Hatte ich Euch nichts von *Leonce und Lena* erzählt?"

Caroline und Wilhelm sahen sich an, schüttelten beide den Kopf.

„Wir waren ja mit unserer Abreise aus Straßburg beschäftigt", sagte Wilhelm entschuldigend.

„Um mir die Zeit zu versüßen, schrieb ich die Komödie *Leonce und Lena*, über die ich selbst viel lachen musste."

Bei Gelegenheit wollte er ihnen aus dem Stück vorlesen.

Davon, dass er den Abgabetermin nicht einhalten konnte, erzählte er, vom geisteskranken Mörder, der seine Geliebte umgebracht hat, und Caroline seufzte und rief: „Eine schreckliche Geschichte". „Interessant" betonte Wilhelm, inzwischen war es Nacht geworden und Büchner hatte währenddessen an den Aretino gedacht, über den er nichts erzählt hatte. Viele Gründe könnten es gewesen sein. Eine unbestimmte Furcht, vielleicht, Furcht, dass seine Freunde den Stoff ablehnen könnten. Besonders Caroline? Er wusste es nicht. Oder missfiel ihm, dass die Freunde sich sorgen könnten?

Hatten sie doch ausgerufen: „Wie hast du schreiben können neben all deinen anderen Arbeiten?" Schwierig, das zu erklären. Es ließ sich nicht erklären. Er musste schreiben. Punkt. Als er ihnen auch noch erzählte, dass er sich für eine mögliche Vorlesung mit Philosophie beschäftigten musste, schüttelten beide den Kopf und hielten ihn scherzhaft für verrückt und Büchner konnte nur lachend antworten. „Ja, ich bin verrückt."

In seinen Gedanken war Minna immer anwesend. In seinem neuen Zimmer. Bei der Probevorlesung. Bei seinem Kollegium. Beim Präparieren der Fische. Sein größtes Glück bestand darin, sich vorzustellen, sie säßen zusammen und er begänne, ihre Unterröcke zu zählen.

Als er in dem Text über Aretino blätterte, dachte er an Minna und ihre Einwände. Zu unanständig, dieser Dichter. Dergleichen Meinung kannte er. Weit verbreitet. Auch der Gutzkow hatte ihm anstößiges aus dem *Danton* weg gekürzt. Was war dabei über Scham, Hintern, Lustseuche, Bordell, Unzucht treiben oder Kinder machen zu schreiben? Verlogen muss man sich geben. Als ob nicht alle so reden und ihren Spaß dabei haben. Ohne Provokationen erschien ihm ein Drama schal. Außerdem machte es ihm Spaß, dem Volk aufs Maul zu schauen. Wann würde er wieder am *Aretino* arbeiten können?

Die nächsten Wochen waren angefüllt mit Vorbereitungen für seine Probevorlesung, dem Herstellen der Präparate und dem Kollegium.
Nun begann ein neues Leben für ihn an der Universität Zürich, ohne Minna und ihre Begleitung. Nur Luftküsse, die hin und her flogen.
Und was Büchner nicht alles über die Schweizer und Zürich gehört hatte. Da hieß es, Zürich sei eine Hauptstadt der Langeweile, eine alte, enge und krummstraßige Stadt. Die Schweizer seien gewinnsüchtiger als die Franzosen. Geld, Geld, Geld. Mehr zählt nicht. Wer Geld und Besitz hat, genoss Ansehen. An der Universität, auch das

hörte Büchner, gab es durchaus Feindseligkeiten gegenüber Deutschen, obwohl viele der Professoren Deutsche waren, aber vielleicht deshalb. Nicht gerade Eigenschaften, die Büchner erfreuten. Andererseits gehörte Zürich zu den liberalen Metropolen, dessen Flüchtlingspolitik ihm zugute kam.

Freundlich wurde er an der Universität aufgenommen. Professor Schönlein, der Direktor der medizinischen Klinik und Ordinarius für spezielle Pathologie und Therapie stellte ihm sogar seine Bibliothek zur Verfügung. Großartig. Ablehnung erfuhr er nicht.
Der Aretino musste warten. Was sollte es? Der leidige Beruf ging vor.

21

Seltsam: Eine Begegnung mit einem düster aussehenden Mann in der Bibliothek von Professor Schönlein. Als Büchner in den Raum trat, um nach einem Buch für seine Probevorlesung zu suchen, kam ein hoch gewachsener Mann, schmalgesichtig und hohlwangig auf ihn zu und rief: „Tod. Ein Traum?"
Bevor Büchner antworten konnte, war der Mann verschwunden. Seltsam. Handelte es sich um einen Vers? Warum hatte der Mann nicht gegrüßt und war so schnell verschwunden? Und wer war er? Wie sich später herausstellte hieß er Thomas Lovell Beddoes, Arzt, Dichter, und Assistent von Schönlein. Ein Exzentriker, dachte Büchner. Interessant.

Die Probevorlesung in der Aula Academia hatte er gut hinter sich gebracht, einige Passagen aus seiner Doktorarbeit referiert. Über die Schädelnerven verschiedener Wirbeltierarten, insbesondere die Hirnnerven der Barben, eine neue Klassifikation der zehn Kopfnervenpaare. Büchner setzte sich von Okens Theorie ab, sah im Bauplan der Tiere nicht den Bauplan des Kosmos. Für ihn galt, alles ist sinnvoll, weil es ist, aber sinnlos, weil es nichts bedeutet.

Auch hier reichte er den fünfzehn Zuhörern die zwanzig Lithographien herum, die in Straßburg für seine Doktorarbeit vom Steindrucker angefertigt worden waren. Genaue Zeichnungen der Hirnnerven, Gehirnteile und Schädelwirbel der Barben, über die er in seinem Vortrag ausführlich berichtet hatte.

Starker Applaus. Viele Professoren schüttelten ihm die Hände und beglückwünschten ihn. Auch Beddoes war unter ihnen. Mit einem düsteren Gesichtsausdruck nickte er ihm zu. Büchner hatte ihre erste Begegnung nicht vergessen. Wollte ihn bei Gelegenheit ansprechen.

Nach einer Woche wurde Büchner die Erlaubnis erteilt, sein Kollegium zu halten. Dafür musste er anatomische Präparate herstellen, was Zeit kostete. Mühsame Feinarbeit mit dem Skalpell. Starke Konzentration. Fische, die er noch nicht präpariert hatte. Felchen oder auch Schnäpel genannt, Äschen und Aale.

Jeden Tag schrieb er an Minna, nachdem er vom Präparieren der Fische nach Hause gekommen war. Schrieb ihr, dass er sie zwischen Fischschwänzen und Froschzehen sehe, was für eine mechanische Tätigkeit, schrieb, dass er nur einen Studenten in seinem Kolleg habe, Tschudi, einen aufgeweckten Gesellen, schrieb, dass er sich in Zürich zurecht finde, aber sie ihm fehle und er hoffe sie in einigen Monaten, wenn sie den Vater überzeugt habe, zu sehen.
Als er eines Abends müde in sein Zimmer trat, es war nun so früh schon dunkel, dachte er, ein wenig wehmütig, an sein Manuskript über Aretino, das ihm fremd geworden war. Ihm schien es, als vermisste er einen guten Freund, den er lange nicht gesehen hatte. Nachdem er sich das

Gesicht mit Wasser erfrischt hatte, setzte er sich an seinen Tisch am Fenster, blätterte neugierig im Text und begann zu lesen. Ihm gefielen einige Szenen nicht, besonders die Intrige und der Mordversuch gegen Aretino von Seiten der Kurie. Außerdem fehlten ihm ausdrucksvolle Szenen: Die Liebe Aretinos zu seiner Geliebten, die ihn schmählich verlassen hatte. Derbe Volkslieder aus der Renaissance. Tänze des Volkes auf der Straße. Budenzauber. Gaukler.
Um sich dem Stoff zu nähern, kritzelte er kleine, groteske Figuren aufs Papier, Aretino neben der Kurtisane liegend, Aretino vor dem Papst sitzend, las zum wiederholten Male die biographischen Notizen über Aretinos Leben, die er sich in Straßburg gemacht hatte. Als ob das Denken Anstöße bräuchte, um sich zu aktivieren. Was stand auf dessen Grabinschrift? *Hier ruht der giftige Poet Aretino, der alle verleumdet hat, außer Gott. Den kenne er nicht.*
Köstlich.

22

Lesen half. Immer wieder Lesen. Und der Kirchgang und die Gebete. Und dennoch. Schorsch fehlte ihr. Nah waren sie sich gekommen. Sie vermisste die Gespräche, die sie mit ihm geführt hatte. Wie gut hatte es ihr getan, wichtig für ihn zu sein. Immer wieder war sie erstaunt gewesen, dass ihre Worte ihn beruhigten, als seien sie ein Heilmittel. Seine Schwermut in Gießen, als er so fern von ihr war. Was für ein Schreck, als er ihr von dort geschrieben hatte, dass er sich wie ein Automat fühle.

Und nicht nur in Gießen, auch in Straßburg überfielen ihn gelegentliche Anfälle von Schwermut wie aus dem Nichts. Angesichts einer verwelkten Blume, eines Blattes, das vom Baum trudelte, eines weinenden Kindes.

Manchmal saß er vor ihr mit gebeugtem Oberkörper und starrem Blick, kein Trost half, nur zögernd sprach er mit schleppender Stimme, vom

Schmerz der Vergänglichkeit, von der Sinnlosigkeit der Welt.

„Aber, aber." Manchmal nahm sie ihn wie ein Kind. „Fehlt da nicht etwas? Zum Beispiel Liebe?" Sie sagte es ironisch und Büchner antwortete belustigt, die habe er natürlich vergessen. *Die Seele ist wie ein leerer Tanzboden.*

An seine barschen Seiten mochte sie jetzt nicht denken. Aber eine Geschichte fiel ihr dennoch ein. Wie ungeduldig konnte er sein, war sie nicht fertig, wenn sie ausgehen wollten. Als sie einmal zehn Minuten länger gebraucht hatte, um sich ihren großen, breitkrempigen Hut aufzusetzen und die Bänder zu einer Schleife zu binden, war er mürrisch vor ihr auf und ab gelaufen, hatte ihr gegrollt, bis er sich besann.

Wunderbar necken konnten sie sich und die komischsten Geschichten erfinden, Versatzstücke aus Märchen von Tieck, Grimm oder E.T.A. Hoffmann, die sie bunt zusammenwürfelten und neu zusammensetzten. Das könnte sich so angehört haben: Der gestiefelte Kater riss mit Schneewittchen von zu Hause aus, reiste mit ihr in fünf Tagen um die ganze Welt, verfolgt von der Stiefmutter tauschten sie ihre Kleider, als Schneewittchen aß er den vergifteten Apfel, den er samt Gewöll wieder ausspuckte. Als sie wieder zu Hause waren, schrieben sie gemeinsam Reiseberichte.

Es fehlte ihr, sein Schreiben zu begleiten und Einfluss auf ihn zu nehmen, wie sie es besonders bei *Leonce und Lena* getan hatte. Ein wenig stolz war sie, dass ihr ein Staat mit Namen Pipapo eingefallen war, den er übernommen hatte. Auch, dass sie ihm einige romantische Komödien vorgelesen hatte, die er nicht kannte. Es machte ihr Spaß, Georg Anregungen für sein Schreiben zu geben. Ihm zu helfen. Vor ihm zu glänzen. Was für eine Lust, ihn überrascht zu sehen. An einige Wortspiele erinnerte sie sich, die sie ihm aus dem *Ponce de Leon* von Brentano zitiert hatte: *Frühstück ist ein frühes Stück*

Arbeit. Auf die Charakterisierung Ihr seid sehr vermessen, wird geantwortet: *Ich habe mich noch nie vermessen.* Dass Brentano Worte als Mäuse, Raubtiere oder Diebe bezeichnete, fand der Schorsch herrlich.

Begeistert hatte er ihren Vorschlag aufgegriffen, gemeinsam den *Prinz Zerbino* von Ludwig Tieck zu lesen. Ein närrisches Stück hatte sie ihm gesagt.

Ihm gefiel besonders der Prinz Zerbino, der als Kranker behandelt wurde, da er lesewütig und dem poetischen Wahnsinn verfallen war. Köstlich war für beide auch der König, der mit Bleisoldaten spielt. Was hatten sie für einen Spaß an den Dialogen, in denen die komischen Gründe für die Krankheit des Prinzen besprochen werden.

CURIO
Nun Herr, Doktor?

ARZT
Ihre Königliche Hoheit ist jetzt damit beschäftigt, ein wenig zu ruhen. Es kann ja wohl bald besser werden.

SELINUS
Wie mag diese Krankheit entstanden sein?

ARZT
Zu große Anspannung der Gehirnnerven. Wenn man den menschlichen Geist mit einer Sprungfeder vergleichen dürfte, so möcht' ich wohl sagen, dass die gute Königliche Hoheit seinem Witze zuviel geboten hat und dass nunmehro die Elastizität darunter gelitten.

CURIO
Ich prophezeie das Gleiche, als er sich den Wissenschaften ergab.

ARZT
Er hätte es nicht tun sollen; es gereicht ihm zum

Ruhm, sie zu beschützen, aber gleichsam aus seinem Palaste in die Philosophie und Literatur hineinzuziehen, daraus musste sich notwendig ein solcher kläglicher Fall ergeben.

Der Vergleich des Geistes mit einer Sprungfeder war so ganz nach Büchners Geschmack gewesen.

Und nun? Nicht mehr folgen konnte sie ihm bei seinem neuen Stück über den anstößigen Dichter Aretino, auf das sie zu ihrem Ärger keinen Einfluss mehr hatte. Oder doch? Sollte sie nicht versuchen, ihn von diesem Projekt abzuhalten? Sinnlos, da sie sein störrisches Wesen kannte. Sie wusste nicht einmal, wie weit er mit diesem gottlosen Stück war und wem er das Stück bereits zum Lesen gegeben hatte? Aretino, ein Gotteslästerer. Unhaltbar, wie er das Ansehen der Heiligen Katholischen Kirche untergrub.
Minna vergaß, dass sie Protestantin war. Vergaß die Herrschaftsausübung der Katholischen Kirche, den fortwährenden Machtmissbrauch. Sie fühlte

sich in ihrem Pietismus angegriffen. Glaubte, Büchner nähme ihr das Allerheiligste weg, ihren Glauben, ihren inneren Halt. Stellte Schorsch nicht mit diesem atheistischen Werk auch andere allgemeingültige Werte in Frage? Vielleicht die Ehe?

Wut auf Schorsch und ihre eigene Ohnmacht stiegen in ihr hoch. Hatte sie nicht die Aufgabe, ihn vor sich selbst zu schützen? Er würde sich und seinem Erfolg schaden. Würde von allen wichtigen Persönlichkeiten gemieden. Schon sah auch sie sich angefeindet. Warum schrieb er über einen Hurensohn und Maulhelden, der zotige Pamphlete zum Besten gab? Sich mit der Kirche anlegte und den Atheisten in die Hände arbeitete? Warum machte Schorsch aus Aretino einen Helden? Oder tat er das nicht? Zweifel wischte sie beiseite. Und wieder, wie so manches Mal bedauerte sie, dass er keine Herzensfrömmigkeit besaß, die für sie als Pietistin so wichtig war.

Die Gemeinsamkeiten zählen, sagte sie sich und schon war ihr wohler.

Im Bett Sehnsucht. Wie sie nebeneinander lagen, stolz, dass sie ihn aufgefordert hatte, sich ihr zu nähern, obwohl ihr noch jetzt die Schamesröte ins Gesicht stieg. Seltsam, wenn sie im Dunkeln zusammen waren, schämte sie sich nicht. Wenn das der Vater wüsste. Büchner nannte sie *böses Mädchen*, das liebte sie besonders. Zärtlich und rau konnte er sein. Widersprüchlich wie sie selbst.

23

Schweben und unendliche Ruhe, ein Gleiten über die Landschaft seiner Kindheit in Clifton, sanfte Hügel, Wälder, ein sich schlängelnder Fluss. Empfindungen, als sei er eine Pflanze, vom Wind bewegt, in einer parkähnlichen Anlage, geschwungene Wege, eine Feder, die schwerelos durch die großen Zimmer des englischen Landhauses segelte, durch den Kamin ins Freie, sein Vater, der ein Kaninchen sezierte, er, vierjährig, der voller Angst zusah, die langen, blonden Haare seiner Mutter, die auf sein Gesicht fielen, bevor sie ihn küsste, als er im Bett lag. Ein hinkender Diener, der langsam durch die Räume schlich. Und er selbst, fast körperlos, lauschte den Stimmen und Geräuschen hinter verschlossenen Türen. Hörte das Stöhnen des Vaters. Das Weinen der Mutter. Und verstand nichts. Bis er den Vater im Sarg liegen sah. Ein Marmorgesicht. Und er wieder nichts begriff. Nur die scharfen Bilder. Seine klagende Mutter, an die er sich presste, ihre Kälte spürte. Als ob er sich auflöste, mit dem Kosmos vereinigte. Seine Todesangst wich. Opium, eine Droge der Freude.

Unter dem Einfluss des Rauschmittels: Ein Gedicht über die Rückkehr in den Mutterleib. Umhüllender Schutz. Geborgen in einem Raum. Atem an Atem. Haut an Haut. Als liefen die Bilder rückwärts. Die Zeit wickelte sich auf wie ein Knäuel. Schrumpfung des Körpers bis zum Beginn des Lebens. Alles noch einmal von vorn. Unter anderen Bedingungen. Und: Glücklicher als vorher.
Nun stand Thomas Lovell Beddoes, Einzelgänger, der er war, allein an einer Brüstung, ein wenig müde vom Opiumgenuss und sah sich in dem hell erleuchteten, getäfelten Raum um. Hunger hatte er keinen, das kannte er schon. Der Gastgeber Professor Schönlein, unterhielt sich nicht weit von ihm entfernt mit Büchner, dem Beddoes in der Bibliothek begegnet war und

dessen Antrittsvorlesung er gehört hatte. Polenrock. Ziemlich geschniegeltes Bürschchen. Kleiner Bart. Eng anliegende Augen. Luftige Haare. Der neue Dozent für Vergleichende Anatomie. Georg Büchner. Auch Dichter wie er selbst. Dessen *Danton*, ein ziemlich gekonntes Stück. Ehemaliger Revolutionär. Ein Jüngelchen, das eine Stelle bekommen hatte. Mit dreiundzwanzig Jahren. Ein Neidgefühl, da er selbst mit vierunddreißig Jahren nur Assistent von Schönlein war, stieg in ihm hoch, das er sofort unterdrückte. Was sollte er von einer Universität halten, die ihn als Professor für vergleichende Anatomie aus politischen Gründen abgelehnt hatte? Von Schönlein vorgeschlagen, den Beddeos Vergangenheit nicht interessierte, in ihm einen fähigen Mann sah und seinen liberalistischen Umtrieben in Würzburg keine Beachtung schenkte. Auch nicht, dass die Bayern ihn vertrieben hatten.
Die halbe Universität war anwesend. Männer, die sich wichtig nahmen, schlenderten umher, mit Anhang, Schleifen geschmückt. Frauen, wie

verzierte Torten. Ja, er konnte gemein sein, das bescheinigten ihm auch andere.

Als Schönleins Schüler und Assistent besaß er Ansehen, ungeheuer wichtig für die Schweizer. Gelinde gesagt ein kleines Ansehen, Professor zählte mehr, da konnte jemand so dumm sein, wie er wollte. Viele mieden ihn, da er als arrogant galt, was ihm sehr Recht war. Für Freundschaften war er nicht geschaffen. Trotz aller Abneigung Menschen gegenüber, zeigte er für den Knaben Büchner ein gewisses Interesse, so dass er nach einer Weile, betont langsam, zu ihm hinschlenderte.

„Thomas Lovell Beddoes", stellte er sich knapp vor. „Arzt und Dichter. Sie waren neulich ziemlich erschrocken, als ich in der Bibliothek einen Vers von mir zitierte."

„Eher erstaunt als erschrocken", entgegnete Büchner lächelnd.

„Sie sind also der neue, berühmte Dozent?" fragte Beddoes herausfordernd.

„Eher berüchtigt. Wie Sie!" konterte Büchner

verschmitzt und gab zu erkennen, dass er von Beddoes politischen Aktivitäten gehört hatte, die, wie er betonte, seinen nicht unähnlich seien.

„Zwei Abtrünnige, die es an die Universität Zürich verschlagen hat."

„Wir können von Glück reden", betonte Büchner, „dass die Schweiz uns aufgenommen hat."

„Hören wir auf, die Schweiz zu bewundern. Sie wissen ja wohl, dass meine Professur aus politischen Gründen abgelehnt worden ist", sagte Beddoes gereizt, fing sich aber sofort wieder, setzte ein verächtliches Lächeln auf. „Der Wissenschaftsbetrieb langweilt mich. Nur die Dichtung entlockt mir einige Gefühle."

Büchner sah ihn ernst an. „Mir entlockt Dichtung weitaus mehr als einige Gefühle."

„Sie sind ein Enthusiast, mein Junge. Nicht frei vom Pathos."

„In meinen Texten eher nicht", widersprach Büchner und Beddoes zuckte mit den Achseln, begann, obwohl sie sich kaum kannten, zu seiner eigenen Überraschung, von seinem ersten erfolgreichen Gedichtband zu erzählen, den er mit achtzehn Jahren veröffentlicht hatte und seinem ersten erfolgreichen Drama, bald danach erschienen.

Imponieren wollte er Büchner, verschwieg allerdings, dass er schon seit Jahren oder waren es Jahrzehnte das Drama *Death's Jest-Book* überarbeite und nicht fertig wurde. Vielleicht nie. Auch wurde es immer umfangreicher. Das musste der Knabe ja nicht wissen.

Erstaunt hörte er Büchner sagen: „Wenn ich mich an der Universität eingearbeitet habe, werde ich mich mit meinen drei unfertigen Dramen beschäftigen."

„Drei? Warum nicht gleich fünf?" entgegnete Beddoes schmunzelnd.

„Sie werden sehen. Den *Danton* habe ich in vier Wochen geschrieben." Büchner lachte und Beddoes ärgerte sich über dessen Selbstüberschätzung.

„Kein schlechtes Stück." Zu mehr ließ Beddoes sich nicht hinreißen, obwohl er das Stück, mit

Einschränkung, gut fand. „Die Französische Revolution bekommt ihr Fett weg. Einiges müsste man allerdings streichen. Zu viele Nebenschauplätze."

Büchner schüttelte den Kopf. „Alle Szenen haben ihre Berechtigung."

„Man muss die Geschichten bündeln. Das werden Sie noch lernen."

Warum musste er immer so überheblich sein? Beddoes sagte allerdings nicht, dass er seinen eigenen Stücken gegenüber blind oder unfähig war, Fehler zu verändern. Verwirrend viele Handlungsstränge gab es in dem Drama *Death's Jest-Book* und es kamen immer neue hinzu.

„Gerne würde ich ein Drama von ihnen lesen", sagte Büchner mit seinem offenen Gesicht und Beddoes, misstrauisch wie er war, da er den Menschen alles Schlechte unterstellte, wehrte ab und verabschiedete sich mit den Worten. „Für heute ist es genug."

Das musste nun nicht sein, dass dieser junge Mann sein Stück liest und sich einiges herausnimmt. Vielleicht war er zu schroff gewesen. Aber so war er nun einmal. Sonst mochte er Distanz zwischen den Menschen. Vertraulichkeiten schätzte er nicht. Lieben? Was heißt das? Alle Welt spricht davon. Die Romantiker haben daraus einen Kult gemacht. Scheußlich und verlogen. Einem Gefühl, dem nicht zu trauen ist, diesen Wert beizumessen! Schuld des Christentums. Pathos der Liebe. Dennoch musste Beddoes sich eingestehen, dass er die Unterhaltung mit Büchner nicht unangenehm gefunden hatte, zumal das Jüngelchen über Witz verfügte, was er diesem nicht zugetraut hatte. Allerdings fand er ihn großschnauzig. Warum musste er ihn wiedersehen?

24

In einer Nacht hatte er eine Szene für sein Theaterstück über Aretino geschrieben, die in Rom spielte. Auf einem Platz. Das Volk versammelt. Die Stimmung unter dem Volk. Handwerker. Patrizier. Kurtisanen. Hausfrauen. Für Aretino. Gegen Aretino. Ähnlich wie in *Dantons Tod*. Ein Saltarello wird getanzt. Der römische Nationaltanz. Ein hüpfender, schneller Tanz zu Zweit. Frau hebt Schürze. Singt derbes Volkslied. Die Umstehenden fallen ein.
Die Szene war sehr nach Büchners Geschmack.

25

Ein paar Tage später im Café Safran am Rüdenquai. Beddoes verabscheute die Räumlichkeiten. Dicht gedrängt saßen die Männer zusammen und diskutierten, als ob sie etwas zu sagen hatten. Dichter Tabakqualm. Ansammlungen von Professoren. Ekelgefühle beim Anblick der schwitzenden Gesichter. Er hatte sich schon in einem Gedicht über das englische Bürgertum lustig gemacht. Die Schweizer müsste er sich auch mal vornehmen. Heftiger Geräuschpegel. Die lauten Schmatzgeräusche der Speisenden. Alles nicht nach seinem Geschmack. Schlecht gelaunt war er eingekehrt, um eine Kleinigkeit zu sich zu nehmen und hatte sich in eine Ecke gesetzt.
Die Verabredung, die er mit dem Wirt eines Etablissements getroffen hatte, war nicht zustande gekommen. Lange war er mit der Kutsche durch Zürich gefahren, war ausgestiegen und zu Fuß bis zu einem in einer engen Gasse liegenden

Haus gegangen. Seinen Hut tief ins Gesicht gedrückt. Wie gut, dass es dunkel war. Äußerste Diskretion musste sein. Schändlich diese Gesellschaft. Deren Grausamkeit und Perfidie.

Das machte Beddoes mal wieder deutlich, wie schwer es für ihn war, seiner verbotenen Lust nachzugehen. Mehrmals sah er sich um, als er eingetreten war, und er stieg bis in den zweiten Stock. Ein kleiner Mann, der einer Fledermaus glich, öffnete und entschuldigte sich mehrfach, aber leider habe der junge Mann, der ihm so zugetan gewesen war, aus Krankheitsgründen abgesagt. Aber in einer Woche sei er wieder gesund und könnte sich hier einfinden.

Und plötzlich, nachdem Beddoes sein Kaas-Rösti gegessen und schon einige Gläser Wein getrunken hatte, stand Büchner vor ihm, sagte, es freut mich, Sie zu sehen, und Beddoes zuckte zusammen, als hätte er einen Schlag bekommen. „Was haben Sie hier verloren?" presste Beddoes hervor und Büchner erklärte ihm, dass er jeden Abend hierher gehe, um die Zeitung zu lesen, da er nicht ständig Fische sezieren und auch nicht fortwährend an seinem Aretino-Drama arbeiten könnte.

Beddoes glänzte mit seinem Wissen über den italienischen Schriftsteller, erzählte von den *Sonetti lussoriosi*, die Büchner nicht gelesen hatte, erzählte, wie sich Aretino anregen ließ vom Kupferstecher Raimondi aus Bologna, der Kupferstiche nach den Gemälden von Guilio Romano hergestellt hatte, in denen es um sechzehn verschiedene Positionen des Liebesaktes ging, erzählte, wie Raimondi dafür in den Kerker kam, erzählte, wie Aretino vom Papst Clemens VII. die Freilassung von Raimondi erlangte und dafür verfolgt wurde.

Beddoes betonte die erschreckende Rolle der weltlichen wie geistlichen Herrscher, die Aretino tot sehen wollten, seine Bücher ächteten und auf den Index setzten und Büchner war begeistert, dass der Mediziner und Schriftsteller so gebildet war.

Da Büchner wenig über die *Sonetti* wusste,

wollte er mehr darüber wissen, aber Beddoes winkte ab, danach stünde ihm nicht der Sinn, ließ sich aber verleiten, Büchners Szenen über Aretino zu lesen.

„Sie wären mir eine große Hilfe. Das Manuskript ist mir sehr wichtig. Schonen Sie mich nicht."

Das hatte Beddoes nicht vor. Büchner wird sich noch wundern. Selten bestand Dichtung vor seinen Augen. Tieck ja, und Shakespeare natürlich. Auch Novalis mit seiner Todessehnsucht. Er wird sich das Jüngelchen ordentlich vornehmen. Was dieser sich einbildete? Dennoch war er gespannt. Ein interessanter Stoff. Warum hatte er kein Stück über Aretino geschrieben? Neidisch war er auf Büchner, als er an sein eigenes Drama dachte, dessen Stoff er nicht bewältigte.

Nicht allein mit Hohn hatte er auf die Verleger reagiert, als er vor kurzem eine Absage seines Stückes aus England bekommen hatte, sondern mit Zerknirschung und Melancholie.

26

Büchner war beschwingt nach Hause gelaufen. Beddoes, ein Aretinokenner, der mehr über die Dichtung und das Leben von Aretino wusste als er selbst. Ein Mediziner mit dem gleichen Fachgebiet wie er: Anatomie und Physiologie. Ein Dichter, von dem er allerdings nichts gelesen hatte.
Zwar ein arroganter Kerl und Exzentriker. Auch fürchtete er seine Düsternis. Kannte er doch zu genau die Tücken der Melancholie. Was wäre er ohne Minnas Glückseligkeit. Ihre Ausgeglichenheit. Ihr harmonisches Wesen. Für ihn ein Geheimnis. Was soll es? Beddoes war außerordentlich gebildet. Ihm lag daran, sich mit ihm auszutauschen. Die Übergabe des Manuskriptes würde in einer Woche im Café Safran sein.

Zum Nachtessen kamen Büchner und seine Freunde zusammen. Charlottes vorzügliche

Suppen erwärmten ihn, wenn er durchgefroren von der Universität nach Hause kam. Seine Augen taten ihm weh vom vielen Sezieren und Präparieren. Sein Rücken. Seine Hände. Froh mit Menschen zu essen, die ihm lieb waren. Und was für verschiedene Suppen es gab. Charlotte probierte Schweizer Rezepte aus, die ihr alle sehr gut gelangen: Habersuppe Appenzeller Art, Bündner Gerstensuppe, Orangen-Rüebli-Suppe, Luzerner Käsesuppe. Basler Mehlsuppe, Apfel-Selleriesuppe.

Am meisten liebte Büchner die Apfel-Sellerie-Suppe, die ihm schon in Straßburg so gut geschmeckt hatte. Allerdings weckte sie in ihm die Erinnerung an Minna, die er schmerzlich zu vermissen begann. Der Geruch von süßen Äpfeln. Ihr Zimtduft. Nun war er schon sieben Wochen in Zürich. Die Zeit schien sich endlos zu dehnen. Wann würde er Minna wieder sehen? Unmöglich konnte er einfach eine Kutsche nehmen und tagelang zu ihr nach Straßburg fahren. Vor ihr stehen und in ihr überraschtes, aber glückliches Gesicht sehen. Leider verdiente er als Dozent an der Universität nicht viel.

Büchner erzählte Charlotte und Wilhelm von seiner Bekanntschaft mit Beddoes und beide reagierten befremdet.
„Ein merkwürdiger Mensch", meinte Charlotte und Wilhelm erzählte von wilden Auseinandersetzungen im Café Safran, in die Beddoes verwickelt gewesen sein soll.
„Außerdem, so das Gerücht, soll er im Aktientheater Feuer gelegt haben." Charlotte zog ihre Augenbrauen hoch.
„Allerdings gibt es keine Beweise."
„Exzentriker haben es schwer in unserer Gesellschaft." Büchner musste laut lachen, glaubte nicht an Gerüchte.
„Du bist ein Menschenfreund", rief Wilhelm und Charlotte nickte.
Gerüchte. Gerüchte. Zuletzt stimmten auch seine Freunde mit ihm überein. Da dieses Gerücht nun einmal in der Welt war, blieb es im Umlauf.

In den folgenden Tagen entlaubten sich die Bäume. Auf den Straßen lagen Blätter in allen Farben, die nach einsetzendem Regen in ein einheitliches Braun wechselten. Morgens Raureif. Der November neigte sich. Ein grau verhangener Himmel. Der beginnende Frost setzte Büchner, der schnell fror, zu. Kalte Hände und Füße. Als kröche die Kälte bis in den Kopf. Eine feine Eisschicht überzog die Öllaternen. Die Kutschen. Menschen huschten gebeugt durch die Straßen.

Beddoes hatte ihn versetzt. Büchner war, wie verabredet, mit seinem Manuskript im Café Safran erschienen, hatte sich an den Tischen vorbei gedrängelt, in alle Ecken gesehen, aber nirgendwo saß der Dichter. Keine Nachricht. Büchner wusste nicht, wo sein neuer Freund wohnte. Nach Tagen hörte er, dass Beddoes krank im Bett gelegen hatte.
Alle Einwände, die sich mit Macht aufdrängten, zerstreute Büchner. Sollte er ihm, der so unzuverlässig gewesen war, sein Manuskript

anvertrauen? Flaues Gefühl, dass er selbst nur das Original besaß. Keine Kopie. Unfähig, es abschreiben zu lassen.

Er brauchte Unterstützung. Einen kritischen Blick auf seinen Text. Brauchte Hilfe und Anerkennung. Brauchte, dass ein Dichter, wie Beddoes, ihm die schwachen Stellen aufzeigte. Brauchte das Gespräch. Brauchte die Auseinandersetzung, damit sein Geist arbeiten konnte. Seine Seele, so hatte er sie beschrieben, war ja ein leerer Tanzboden. Allein mit seinen Fischen verkümmerte er.

27

Wie wird es Schorsch ohne sie in Zürich aushalten? An den Aretinotext mochte Minna nicht mehr denken. Wenn sie ihn besuchen wird, muss sie versuchen, mit ihm zu reden. Als er in Straßburg in trüber Stimmung gewesen war, daran erinnerte sie sich, hatte sie ihn in den sommerlichen Garten geführt, um ihm die Blumenuhr zu zeigen, die Blumenuhr, die Lenné entwickelt hatte.

Ein Meer aus Farbtupfern. Gelbe Margeriten, fliederfarbener Lavendel, weiße Wicken. Um ihn aufzumuntern, hatte sie ihn zum Mohnbeet geführt, war stehen geblieben, hatte auf die hauchdünnen, feuerroten Blütenblätter gezeigt. Ob er sich nicht an der Schönheit dieser zarten Pflanze erfreuen könne? Der Mohn verblühe sehr schnell, war seine knappe Antwort und er hatte eine Strophe aus dem Lied *Ist ein Schnitter, heißt der Tod* zitiert.

Was heut noch grün und frisch da steht,
wird morgen weggemäht:
die edel Narzissen,
die englischen Schlüsseln,
die schön Hyazinthen,
die türkischen Binden.
Hüt dich, schöns Blümelein!

Seine Stimmung, daran erinnerte sie sich, hatte sich erst aufgehellt, als sie ihm von der Lennéschen Blumenuhr erzählte, die sie auf einer Abbildung gesehen hatte. Die Natur trüge in sich eine innere Uhr. Jede Blüte öffne und schließe sich zu einer bestimmten Zeit. An einige Öffnungs- und Schließungszeiten erinnerte sie sich. Der Mohn öffnet seine Blütenblätter um 5 Uhr und schließt sie um 18 Uhr, die Winde öffnet ihre Kelche um 3 Uhr morgens und schließt sie um 22 Uhr, die Königin der Nacht öffnet ihre Kelche um 11 Uhr und schließt sie um Mitternacht.

28

Bei der nächsten Verabredung erlebte Büchner eine erneute Überraschung. Er lernte Beddoes von einer anderen Seite kennen, die ihn jedoch nicht weiter beunruhigte. Vielleicht war das ein Fehler.

Als er von zu Hause losging, war es dunkel, die Öllampen, die ein warmes Licht auf die Gassen warfen, waren inzwischen angezündet worden. Kühl war es geworden und ein eisiger Wind wehte. Keine Musikanten wie in Straßburg auf der Straße, die bei jedem Wetter durch die Gassen zogen. Volkslieder spielten und sangen. Nicht so in Zürich.

Büchner merkte nicht, dass ein Mann ihm in einiger Entfernung folgte. Am Fluss Limmat entlang. An den Quais. Stehen blieb, wenn Büchner stehen blieb und weiterging, wenn Büchner weiterging. Bis zum Rüdenquai.

Bei diesem Wetter waren nur wenige Menschen

unterwegs. Zumeist Männer. In Mäntel gehüllt. Schnelle Schritte gegen den Wind.

„Lassen Sie uns feiern. Bleiben wir im Café Safran." Beddoes saß im schwarzen Gehrock und einem weichen, engen Tuch um den Hals vor ihm, sah ihn herausfordernd an. „Trinken wir auf Ihren verdammten Aretino."
Büchner hatte Beddoes, diesem düsteren Kerl, der sich nur mit Spott und Melancholie der Welt nähern konnte, sein Manuskript gegeben, ihm sein Original anvertraut, was er ihm auch mitteilte. Er werde besonders Acht geben, hatte Beddoes gesagt. Wohl war Büchner dabei nicht gewesen, denn nun besaß er nur noch die Aufzeichnungen in seinem Tagebuch.
Er hatte vorgeschlagen, spazieren zu gehen und Beddoes hatte mürrisch genickt.
Sie gingen in Richtung Limmat. Büchner lag nicht viel am Alkohol. Mal ein Glas Wein. Mehr nicht. Außerdem wollte er nicht in aller Öffentlichkeit über Aretino sprechen.

„Sie sind ja ein schrecklicher Asket. Wie langweilig", rief Beddoes, der stehen geblieben war. „Asketen sind die schlimmsten. Denken Sie an Ihren Robespierre. So werden Sie auch noch. Fanatisch und asketisch", presste er hervor. „Gut, laufen wir durch die verschlafene Stadt. Eine extraordinäre Stadt. Ein leuchtendes Bespiel von gewaltiger Liberalität. Einmalig in Europa. Diesen hinterwäldlerischen Ländern."

Büchner lachte erneut, da ihn Beddoes ironische Art amüsierte.

Sie überquerten die Rathausbrücke, die über die Limmat führte, blickten ins Wasser. Gurgelnde Geräusche des Flusses, auf dem die Hälfte des Mondes schaukelte. Vereinzelte Laternen am Ufer, die Licht auf die angrenzenden Wohnhäuser warfen. Und unbemerkt hinter ihnen ein Mann, der sie beobachtete.

Beddoes, der neben ihm ging, sprach mit Büchner, als würden sie sich lange kennen.

„Sie sind ein Erotiker, gestehen Sie!" rief er aus und der Fluss, der so manches Geheimnis barg, trug diese Worte mit sich fort. „Sonst könnten Sie sich nicht mit so einem Lüstling wie Aretino beschäftigen."

„Natürlich", schmunzelte Büchner, „bin ich ein Erotiker. Ich glaube, Sie auch. Aber der Renaissancedichter interessiert mich aus mehreren Gründen. Aretino war nicht nur der Verfasser obszöner Schriften. Als Mann des Volkes griff er die Herrschenden an, schonte niemanden mit seinen Versen. Das Lachen hat mich interessiert. Und alle lachten. Es lachten der Papst und der Sultan. Es lachten die Fürsten Italiens und die Kurtisanen. Es lachten die Handwerker und die Bettelmönche."

„Was Sie nicht sagen", spottete Beddoes, der auf der Brücke stehen geblieben war. „Sagen Sie bloß, es geht Ihnen um die Gesellschaft."

„Allerdings."

„Fein. Fein. Durchaus redlich. Es lebe die Stimme des Volkes."

Plötzlich und für Büchner überraschend war Beddoes Stimmung umgeschlagen und er hatte begonnen mit schleppender Stimme sich selbst zu beschuldigen.

„Sie werden ihren Weg machen, Jüngelchen. Haben ja schon eine Stelle mit dreiundzwanzig Jahren. Und als Dramatiker sind Sie keine hohle Nuss wie ich. Ja. Wie ich. Mein Leben dagegen ist verpfuscht. Alles verpfuscht. Verpfuscht. Verpfuscht! Kein Erfolg. Keine Beziehung. Nichts. Nichts. Nichts!"

Was für eine Rührseligkeit, dachte Büchner, dem nun dämmerte, dass Beddoes zu viel getrunken hatte, wie eng hängen Zynismus und Rührseligkeit zusammen und er versuchte ihn zum Gehen zu bewegen, aber dieser weigerte sich.

„Hinunter in der Erde Schoß – Sie schlaues Bürschchen wissen doch sicher, wer das gesagt hat?"

Als Büchner verneinte, rief Beddoes laut: „Novalis", und begann zu deklamieren:

Sehnsucht nach dem Tode

Hinunter in der Erde Schoß,

Weg aus des Lichtes Reichen,
Der Schmerzen Wut und blinder Stoß
Ist froher Abfahrt Zeichen.
Wir kommen in dem engen Kahn,
Geschwind am Himmelsufer an.

„Fahren Sie nach Hause", erklärte Büchner, der genug hatte, sich verabschiedete und Beddoes auf der Brücke stehen ließ.

29

„Minna! Minna!"
So ging das wohl zwanzig Mal am Tag, dass der Vater sie rief und sie zu ihm eilte, um seine Wünsche zu erfüllen. „Minna. Minna." Seine weißen Haare ließ er sich nicht von der Pflegerin kämmen, sondern nur von ihr.
„Es ziept", rief er immer wieder, obwohl sie sehr vorsichtig war. Seinen Tee musste sie zubereiten. Selten war er zufrieden. Der Tee war zu heiß oder zu kalt. Auf die Bibliotheksleiter steigen. Bücher suchen, die er lesen wollte. Wenn sie diese nicht fand, war er mürrisch, machte sie verantwortlich. Dann behauptete er, die Bücher vor einer Woche gesehen zu haben.
Sein Eigensinn hatte sich in den letzten Wochen verstärkt.
Einmal widersprach sie ihm, da griff er sofort an sein Herz und sie eilte, um ihm seine Tropfen zu bringen. Aus Angst vor Herzversagen mied sie

jeden Streit. Aber sie spürte, dass er sie disziplinieren wollte.

Jeden Tag ging sie mit ihm spazieren, manchmal nur zehn Minuten, da er so schwach war.

Manchmal glaubte sie, sie könne es mit ihrem Vater nicht mehr aushalten. Schrieb Schorsch und beklagte sich. Wünschte nach Zürich zu fahren. Sie müsse Geduld haben, antwortete er. Seine Briefe beruhigten sie. Lachen musste sie über seine Äußerung, dass er *sie so halb zwischen Fischschwänzen und Froschzehen sehe*. Auch der Gesangsunterricht half ihr.

Zu Monsieur Goupil ging sie nun häufiger, um ihre Stimme zu schulen. Da sie seine Vorschläge befolgte, kamen sie besser miteinander aus. Solchen Männern musste man es Recht machen, dann erst waren sie liebenswürdig. Widerspruch erlebten sie als die Infragestellung ihrer Person. Ihnen zu gehorchen ist keine Unterordnung, sondern Klugheit.

Auf dem Programm stand Schuberts *Lied der Mignon*, ein Sehnsuchtslied, das zu ihrer Stimmung passte. *Nur wer die Sehnsucht kennt, weiß, was ich leide.*

Goupil strahlte, während er sie auf dem Klavier begleitete, wohl froh, dass sie ihm nicht mit Volksliedern kam, obwohl das Schubertlied durchaus Volksliedcharakter besaß, und er lobte sie für ihre wunderbare Stimme, dann unterbrach er sie, „Adagio, weniger dynamisch am Anfang", rief er, „Adagio, Adagio, singen sie ruhiger, leichter, nicht so dramatisch, weniger bewegt, meno mosso, *Ach! Der mich liebt und kennt, ist in der Weite.* Con dolore. Bitte, mit Schmerz. Aber verhalten. Con dolore. *Aber es brennt mein Eingeweide*, piu mosso, mehr bewegt, nein, so nicht, so nicht. Noch einmal. Adagio, bitte. Adagio. Strengen Sie sich nicht so an. Ihr Atem muss fließen. Bitte."

So ging das mehrmals in der Woche.

Seit Schorsch in Zürich war, hatten sich auch die Ansprüche des Vaters erhöht. Ihr schien es, der

Vater sei froh mit ihr allein zu sein. Das erinnerte sie an eine andere Geschichte. Als sie sich vor ein paar Jahren verloben wollten, lehnte der Vater ab. Warum mit einem Studiosus und Flüchtling mit unsicheren Berufsaussichten?

Damals hatte sie sich gegen seinen Willen durchgesetzt.

Hartnäckig konnte sie sein, daher kam ihr an einem Nachmittag, an dem der Vater gut gelaunt war, der Gedanke, ihn zu fragen, ob sie nicht nach Zürich reisen dürfe.

Unglaublich abhängig waren Frauen von ihren Vätern. Wie gut hatten es Männer. In ihrer Selbständigkeit. Warum machte man Frauen zu schutzlosen Wesen?

Als sie vor ihm stand, nahm sie einen bittenden Gesichtsausdruck an. Ergriff seine Hände, die immer kalt waren, drückte sie, sagte, dass sie den Schorsch sehen müsse, da ihre Sehnsucht so groß sei.

„Kein Grund zu fahren." sagte er verständnislos. „Vereinbart war Ostern!"

„Aber ich vermisse Georg." Ihre Stimme hatte Minna versucht zu mäßigen, aber Wut stieg in ihr hoch.

Der Vater kniff seine trüben Augen zusammen. Scharfe Falten gruben sich um seinen schmalen Mund.

„Das gibt sich", antwortete er kühl und betonte seine Sorge um sie. „Es ist viel zu gefährlich als Frau allein zu reisen. Wer sollte dich begleiten? Ich möchte nicht, dass du fährst."

Schweigen.

Klare Worte.

„Hast du denn nie geliebt?" Minna erschrak vor ihrem eigenen Mut. Was für ein Angriff gegen den Vater, den sie nun bereute. „Entschuldige, Vater!"

Sie griff nach seiner Hand, aber er entzog sie ihr.

„Unterstehst du dich!" Der Vater hatte sich aufgerichtet. Wie streng er aussehen konnte. Fast zusammengewachsene Augenbrauen, vor denen sie sich schon als Kind gefürchtet hatte.

Damit war die Unterhaltung zu Ende. Sie blieb

zurück. Wäre ihre Mutter doch am Leben. Mit ihrem Einfluss auf den Vater. Ihre sanfte, aber entschiedene Art, ihn umzustimmen. Die leichte Neigung ihres Kopfes, wenn sie den Vater rügte. Und dann: Seine unausgesprochene Verzweiflung im Gesicht. Sprach die Mutter ein freundliches Wort, hellte sich sein Gesicht auf.
Es dauerte Tage, bis der Vater wieder mit ihr sprach. Erst nachdem sie sich mehrmals entschuldigt hatte.

30

Mit schwerem Kopf war Beddoes am nächsten Mittag aufgewacht. Sein Blick tastete die Wände ab, die halb geschlossenen Vorhänge, durch die ein Streifen warmen Lichtes auf das Parkett fiel. War er in seinem Zimmer in Zürich am linken Limmatufer, nahe dem Lindenhof? Oder in seinem Zimmer in Göttingen? In Würzburg? Oder in seinem Kinderzimmer in Clifton? Hörte er nicht das Blöken der Schafe, die sein Vater später abstechen sollte? Das Schweigen danach. Sah die blutigen Hände seines Vaters. Das blutige Messer. Träumte er? Wachen und Träumen. Was war der Unterschied? *Das Leben ein Traum*. Eine Zeile aus einem seiner Gedichte. Sein Wunsch nach Aufhebung des Todes. Geister, lebende Tote, bevölkerten seine Verse, brachten die Welt durcheinander.

Ja, er wohnte in einer der vornehmsten Gegenden in Zürich mit Blick auf die Limmat. Sein

Erbe ermöglichte ihm diesen Luxus. Vater tot. Mutter tot. Ein elendes Waisenkind. Nirgendwo heimisch. Immer unterwegs. Sei es drum. Langsam kam die Erinnerung an die letzte Nacht zurück. Peinlich sein Alkoholgenuss. Was er wohl für dummes Zeug geredet hatte? Peinlich seine Wehleidigkeit. Peinlich, dass Büchner ihn in aller Hilflosigkeit gesehen hatte. Egal.

Kaum, dass Beddoes wusste, dass er das Theaterstück von Büchner eingesteckt hatte. Wo hatte er es hingelegt? Langsam schob er sich aus dem Bett, zog seinen seidenen Morgenrock über, suchte auf dem Tisch, suchte unter dem Mantel, den er über einen Stuhl gelegt hatte, wo er endlich das in Papier eingewickelte Manuskript fand. Vorläufig war er nicht in der Lage, es zu lesen, obwohl ihn der Stoff durchaus reizte. Aber der junge Dichter musste warten. Warten schulte den Geist. Warten erhöhte die Erregung. Lächerliche Äußerung. Pure Gemeinheit von ihm. Im Gegensatz zu den meisten Menschen hatte er Selbsterkenntnis nie gescheut. Warum sollte es

anderen besser gehen als ihm? Die Anerkennung seiner Dichtkunst war spärlich. Ein liebenswürdiger Mensch war er nun einmal nicht.
Im Bett, in dem er einige Tage blieb, hing er Tagträumen nach, erfand Gedichtzeilen, spielte mit Worten und Sätzen. War die Seele nicht umhüllt von einem *Hautmantel* und *Fleischhemd?* Also unsterblich. War nicht alles eins? Konnte sich die unsterbliche Seele nicht in eine Pflanze, ein Tier oder einen Stein verwandeln?

An einem der nächsten Tage ließ er sich, elegant angezogen, um seinen Hals einen dunkelblauen Schal, in jenes Etablissement fahren, das keinen Namen besaß. Nur eine Öllampe warf ein sparsames Licht in die dunkle Gasse. Keine Sterne am Himmel. Auch der Mond verbarg sich.
Ein milder Dezember. Auf den Wegen großfingrige Lindenblätter. Grüne. Gelbe. Braune. Widerstandsfähige, einsame Blätter an den Bäumen.

Als Beddoes bezahlen wollte, musterte ihn der

Kutscher, ein übler Rohling, verächtlich. Beddoes drückte ihm widerwillig einen Schein in die Hand und forderte ihn auf das Weite zu suchen.
„Pörre!", rief er dem Kutscher hinterher und das sich entfernende Pferdegetrappel vermischte sich mit dem Schimpfwort, das durch die Gasse hallte. Pörre. Idiot.
Eine andere Kutsche war in einiger Entfernung stehen geblieben, leicht bewegten sich die Vorhänge und man konnte, wenn man genau hinsah, die Silhouette eines Kirchenmannes erkennen. Niemand stieg aus.

Der kleine Fledermausmann ließ ihn nach dem vereinbarten Klopfzeichen in den Flur, trippelte unruhig von einem Bein aufs Andere, und wisperte, wenn Sie schon jetzt zahlen könnten.
„Der junge Mann stellt sich ihnen gleich zur Verfügung."
Beklemmend das Ganze. Auch nachher. Als er am Limmatufer entlang ging, dachte er an den geschmeidigen Körper des jungen Mannes.

Schmale Hüften. Schmaler Oberkörper. Pilzgeruch. Ein altes Kindergesicht. Sein lieber Conrad. Blonde, artige Haare, über die Beddoes streichen durfte. Er hatte vorher gefragt. Ein leicht amüsiertes Lächeln von Conrad. Noch einmal gefragt. Und wieder das Lächeln. Unschuldig? Nein. Was für ein dummes Wort. Conrad war neunzehn Jahre und konnte zugreifen. Sein Conrad. Beddoes fühlte sich alt mit seinen dreiunddreißig Jahren. War gierig nach einem jungen, männlichen Körper. Oder war es Sehnsucht? Ein Wort, das er nicht kannte. Ein deutsches Wort. Ein romantisches Wort. Die Deutschen betonten Schmerz und Leiden. Ihm fremd. Er war Engländer. Oder machte er sich etwas vor?

Zunächst war es nur eine anonyme Begegnung gewesen. Nun sein Wunsch, Conrad in seinem Inneren zu berühren.

Conrad, warum verkaufst du dich? Conrad, willst du nichts lernen? Conrad, wie lange bist du schon hier? Conrad, wer ist deine Mutter? Dein Vater?

Conrad, was soll aus dir werden? Bei diesem Jungen war Beddoes anders als sonst. Nicht zynisch. Nicht hart. Nicht verbittert.
Wenn er bei Conrad lag, milderte sich sein Hass auf die Welt und die Menschen, als ob die Zuneigung des Jungen ihn wärmte. Ein Gefühl, das tief in seine Kindheit reichte und mit dem Bild seines aufgebahrten Vaters verbunden war. Beklemmend das Ganze.

In den nächsten Wochen traf er Büchner mehrmals in der Universität, zufällig, jener war in Eile, übernächtigt. „Was macht Ihr Kopf?" fragte Büchner erheitert, und Beddoes, gewitzt, antwortete: „Er ist noch dran, aber bald nicht mehr, dann trage ich ihn unterm Arm", und er fügte ein wenig schuldbewusst hinzu, „alberne Schuldgefühle, mein Gehirn hat Sie nicht vergessen, aber es dauert noch einige Wochen, bis ich mit Ihrem Drama durch bin." Er solle sich Zeit lassen, entgegnete Büchner und Beddoes gab ihm zu verstehen, er habe Erdkröten zu sezieren, ein

Auftrag seines Professors, der von den Erdkröten schwärmte, die er selbst herrlich hässlich fand, und er sprach über seine Faszination den Amphibien gegenüber, von deren Häutung, großartig, eine Art Wiedergeburt, und Büchner meinte, auch er könne sich an der Natur begeistern, und erzählte von den Äschen, die er präparierte, jene eleganten, silberglänzenden Fische mit schlankem Körper, spitzer Schnauze und messingfarbenem Bauch und Beddoes sprach von der Krötenwanderung.

„Herrlich, wie die Weibchen die Männer auf dem Rücken tragen." „Ja, köstlich", pflichtete Büchner bei, dass müsste uns einmal passieren, wäre doch mal eine andere Variante. Und plötzlich, unerwartet, wechselte Beddoes das Thema, er hätte genug von der Naturschwärmerei, und erklärte, viel wichtiger als die Natur und die Wissenschaft sei ihm das Schreiben, und Büchner entgegnete, was wäre unsere Dichtung ohne die Wissenschaft? „In einem Ihrer Gedichte entwerfen Sie prähistorische Zeiten. Ich habe mir einen

Gedichtband besorgt." "Ja, ja", knurrte Beddoes unwillig, aber er käme weder zum Schreiben, noch zum Lesen, was natürlich gelogen war und Büchner nickte. "Leider hat uns die Wissenschaft zu fest im Griff, nennen wir es Würgegriff", und Beddoes erklärte: "Wir müssen aufpassen, dass wir nicht ersticken." Beide lachten.

Nicht dass Beddoes in der nächsten Zeit einen Blick in Büchners Manuskript geworfen hätte. Da er sehr unordentlich war, musste er den Text lange suchen, glaubte sogar, das Manuskript sei verloren gegangen, bis er endlich das Drama fand. Verborgen unter Zeitungen und eigenen Texten. Gegen seine Angst, den Text zu verlegen, half nur eines. Er beschloss, einen befreundeten Kopisten zu beauftragen, das Theaterstück, es waren nur vierzig Seiten, abzuschreiben, um es zweimal zu besitzen. Innerhalb von drei Tagen bekam er Original und Kopie zurück.
"Was für ein atheistisches Stück", hatte der Kopist empört gesagt und Beddoes hatte gelacht.

Nicht, dass er nun angefangen hätte, zu lesen. Die Amphibien und Conrad gingen vor. Und zuweilen saß er auch an seinem eigenen Drama, an der Szene, in der sich die Toten und die Lebenden begegneten.

Und dann passierte etwas, das ihn immer noch ängstigte. Er war nachts bei Conrad gewesen, unterwegs zu seiner Wohnung, um ein wenig Bewegung zu haben. Niemand zu sehen. In Gedanken an den Geliebten. Die Hitze ihrer beider Körper. Was für ein Gegensatz, denn draußen war es frostig geworden. Kein Laub mehr auf den Lindenbäumen. Die Laternen warfen einen müden Schein auf die Gasse. Schritte kamen näher und hinter ihm ertönte eine unangenehme Stimme. Eine Stimme wie Schmirgelpapier.

„Drehen Sie sich nicht um. Gehen Sie ruhig weiter. Dann passiert Ihnen nichts."

Beddoes hatte Angst bekommen, Angst vor Bestrafung, Angst vor Erniedrigung, wusste er doch, dass sein Kontakt zu Conrad verboten war. Mit Zuchthaus bestraft wurde. Was nützte es, dass der Putzmacher Hössli die Männerliebe in seinem kürzlich erschienenen Buch verteidigte? „Was wollen Sie?, stieß er hervor, setzte langsam seinen Weg fort, denn er spürte hinter sich den Atem des Mannes.

Am Aretinomanuskript von Büchner war der Kerl interessiert. Oder diejenigen, die hinter ihm standen. Welche Kreise könnten das sein? Zumindest antiliberale Kreise. Aus Kirche? Aus Politik? Das Stück sollte verschwinden. Nach den Gesprächen mit Büchner konnte er es sich denken: Zu liberal, zu anzüglich, zu atheistisch. Wie hatten sie nur herausgefunden, dass er ein Exemplar besaß? Mit der Erinnerung war es seltsam. Die zurückliegenden, scharf eingestellten Bilder ergaben nachträglich Fundstücke.

Als er das Stück von Büchner vor dem Café Safran erhalten hatte, sah er nun einen Mann links von sich stehen, dem er bisher keine Aufmerksamkeit geschenkt hatte. Korrekt angezogen. Zweireiher. Zylinder. Sein Gesicht lag im Dunkeln.

Hinterlegen sollte er morgen das Theaterstück im Casino an der Garderobe. Der Kerl hatte ihm gedroht. Wir wissen über Sie Bescheid. Mehr sagte er nicht. Eine eindeutige Aussage. Sie hatten ihn beobachtet. Waren ihm gefolgt. Kannten seinen Lebenswandel. Scham, ein unbegreifliches Gefühl, überfiel ihn.

Beddoes alte Schlagfertigkeit war zurückgekehrt, sodass er sagen konnte. „Wenn Ihnen das Werk dienlich ist für ihre lauteren Zwecke."

Zischen war die Antwort, dann entfernten sich die Schritte, die langsam von der Stadt verschluckt wurden.

Ihm blieb keine andere Wahl, als die Kopie des Dramas an der Garderobe des Casinos abzugeben, froh, dass seine Unordnung ihm geholfen hatte. Wie gut, dass er zwei Exemplare des Manuskriptes hatte herstellen lassen. Natürlich würde er Büchner nichts von dieser Erpressung erzählen.

Nach dieser Geschichte, die ihn schockierte, las er Büchners Text. Je mehr er las, desto verzweifelter wurde er. Nicht, dass er den Aretino schlecht gefunden hätte. Im Gegenteil. Gut fand er den Bau der Szenen. Gut die knappen, ironischen Dialoge. Gut die Figurenzeichnung. Sei es der Papst und seine Schergen. Gut die Sprache des derben und klugen Volkes. Ein aufmüpfiges Drama, das die Freiheit beschwor. Die Freiheit des Menschen und die Freiheit des Wortes. Gegen die Tyrannei der Mächtigen. Ohne Pathos, obwohl das Thema pathetisch war. Ohne Frage. Ein Drama mit atheistischen Tönen. Ganz in seinem Sinne. Aber er hatte auch Einwände. Musste die Geliebte Aretinos eine so große Rolle spielen? Musste Aretino, abhängig und rückwärts gewandt sein? Und er vermisste die transzendentale Ebene, das Übernatürliche, das er selbst in seine Dramen eingearbeitet hatte. Natürlich. Die Szenen bildeten noch kein fertiges Stück. Einiges fehlte. Assoziativ das Ganze.

Daher nahm er sich vor, das Stück nochmals zu lesen, damit er sich ein abschließendes Urteil bilden konnte, wenn er aus England zurückgekommen war. Denn dahin musste er. Seine grässliche Verwandtschaft besuchen. Die Freunde, die übrig geblieben waren.

Einige Tage später traf er Büchner im Casino, froh, ihn zu sehen, überrascht, dass er für den jungen Dramatiker so viel empfand, der von seinem Schreiben überzeugt war, zu Recht, wie er nun wusste. Aber Büchners Zugewandtheit verdeutlichte ihm seine eigene Verschlossenheit. Büchners Selbstvertrauen konfrontierte ihn mit seinem eigenen Mangel. Als ob dieser über ein inneres Leuchten verfügte, das er nicht kannte. „Vorläufig kann ich Ihr Stück nicht lesen", sagte er, „da ich demnächst nach England reise", aber Büchner schien sich nicht daran zu stören, sagte nur: „Ich bin gespannt" und erklärte ihm, obwohl er so viel arbeite, hätte er eine weitere Szene für sein Aretinostück geschrieben, aber darüber wolle er noch nicht reden, herrlich, in einem Buch habe er derbe italienische Volkslieder aus früheren Zeiten gefunden, einige von ihnen könne er verwenden.

„Ich finde die Italiener", rief Beddoes aus, „in ihrer Lebenslust abstoßend", und er erzählte ihm, dass er häufig in Italien gewesen sei und Büchner sah ihn erstaunt an, schwieg, vielleicht weil er sein Unverständnis nicht zeigen wollte.

Auch die Engländer verschonte Beddoes nicht, machte sich lustig über die Briten, die nichts anderes im Sinn hätten, als Tee zu trinken, das sei ihre einzige Tugend Tee zu trinken, aber er müsse seine verdammten Verwandten besuchen, es täte ihm leid, dass er das Stück erst lesen könne, wenn er wieder zurück sei.

Das Lügen war Beddoes leicht gefallen.

31

Büchner hatte keine Zeit fürs Schreiben. Barben, Saiblinge, Forellen. Lehre, Vorlesung und Kolleg. Kaum Zeit. Barben. Saiblinge. Forellen. Wolken zogen vorbei und verschwanden. Er ging durch Zürich ohne Minna. Am See entlang ohne Minna. Schlief ohne Minna ein. Barben. Saiblinge. Forellen. Träumte von ihr. Wachte ohne sie auf. Aber sie war anwesend, wenn er durch Zürich ging, bevor er einschlief, wenn er träumte. Barben. Saiblinge. Forellen. Hin und wieder, übermüdet und erschöpft, dachte er an seinen *Aretino*.

Anfang Februar hatte er sich ins Bett gelegt, da er fiebrig war. Hatte sein Kolleg absagen müssen, auch seine Vorlesung, was ihn schrecklich ärgerte. Niemand ahnte, wie lebensbedrohlich diese Krankheit sein würde.
Caroline hatte Dr. Zehnder geholt, einen kleinen

Mann mit großen Ohren, der ihn untersuchte und gastritisches Fieber oder Unterleibstyphus feststellte. Nicht besorgniserregend.
In Büchners Kopf drehte sich alles, Schwindel hatte ihn gepackt, sah er hoch, bewegte sich die Decke. Wände, auf denen sich Figuren abbildeten, kamen auf ihn zu.
Das vom Arzt verschriebene Senffußbad, half zunächst ein wenig, das Fieber zu senken. Auch das Rosshaarkissen tat ihm wohl, das ihm Caroline, die ihn versorgte, gab. Aber sein Appetit ließ nach.
Caroline, die ihm jeden Tag eine Suppe brachte, ermunterte ihn zu essen. „Die Suppe wird dir gut tun."
Meistens hatte er keinen Hunger.
An Minna hatte er geschrieben, dass er krank sei, aber nicht ernstlich. Minna, die Strahlende, die Träumerin, die Vielgeliebte. Sein Mond, sein All, sein Haus, seine Straße, seine Laterne, sein Mund, seine Füße.

Der Zürcher See lag vereist, das wusste er, weil er vor ein paar Tagen dort gewesen war, die Berge lagen in nebligem Dunst und glichen lauernden Riesen. So gerne würde er mit Minna am See entlang laufen über den knirschenden Schnee stapfen, aber sie war weit weg. Sehnlich wartete er auf Post von ihr.

In den Nächten schlief er unruhig, erwachte, dachte Minna säße an seinem Bett, küsste ihn, er schlief wieder ein und träumte, wie die Blutwurst die Leberwurst umbringen wollte. Am nächsten Morgen fragte er sich, wie das Märchen hieß? Natürlich. Nach einer Weile fiel es ihm ein. *Die wunderliche Gasterei* der Gebrüder Grimm.

Manchmal wusste er nicht, wo er sich befand. In Zürich, ja. In der Steingasse. Nicht in Straßburg. Nicht bei Minna. Langsam ordnete sich sein Bewusstsein, kam das Gedächtnis zurück, das vielleicht der Schwindel lahm gelegt hatte.

Nach einigen Tagen verschlechterte sich sein Zustand. Sein Fieber stieg. Sein Atem ging schwer. Schweißausbrüche. Schüttelfrost. Carolines Stimme empfand er als schrill und laut, sie tat seinen Ohren weh, er bat sie, leiser zu sprechen, was sie unverzüglich tat, aber, was für ein ängstliches Gesicht. Als Caroline die grünen Vorhänge, die sie aufgehängt hatte, zuziehen wollte, protestierte er. „Bitte nicht. Ich möchte den Himmel sehen. Öffnest du das Fenster?"
„Natürlich", sagte sie leise.

Bedeckt mit einem Plumeau, atmete er die würzige, kalte Luft, die ins Zimmer strömte, ein, sah auf den Schneehimmel. Vögel flogen vorbei, kaum, dass er sie kannte. Amsel, Buchfink, Elster, alle diejenigen, von denen er wusste, dass sie im Winter nicht nach Süden zogen, zählte er auf. Blaumeise, Dohle, Eichelhäher, Haubenmeise, Gimpel, Hänfling, Haussperling, Kolkrabe, Nebelkrähe, Rotkehlchen, Rohrammer. Sicher noch andere, deren Namen ihm aber nicht einfielen.

„Schade, dass ich kein Vogel bin", sagte er zu Caroline, die hereingekommen war, um die Fenster zu schließen.
Sie lachte und er lachte mit.
„Ich bin es leid. Nun liege ich schon einige Tage im Bett. Und das Fieber steigt." Er hatte sich auf sein Kissen gestützt, sich bald wieder zurückgelehnt.
„Du wirst bald wieder gesund. Du musst dich erholen von all den Mühen des letzten Jahres."
Ihre Stimme klang schon wieder laut und schrill.
Die Geräusche von der Gasse schienen in Watte gepackt, seltsam.

Dr. Zehnder kam noch einmal, verschrieb ihm Mandelmilch, süße Milch, war nicht weiter besorgt. Man müsse sehen. Das Fieber sei nicht sehr hoch.
Büchner war erleichtert, versuchte geduldig zu sein, was ihm aber schwer fiel. Dachte auch im fiebrigen Zustand an seine Theaterstücke. *Leonce und Lena* musste er bearbeiten. Auch mit dem

Louis musste er sich beschäftigen, vielleicht das Gutachten von Clarus über *Woyzeck* noch einmal lesen, den *Aretino* nicht zu vergessen. Sein Freund Thomas Lovell Beddoes, würde nach seiner Reise den *Aretino* lesen. Mal sehen, was der Mediziner und Dichter ihm ankreiden wird. Ein düsterer Bursche, mit dem er aber so manches gute Gespräch hatte. Beunruhigt dachte er daran, dass er ihm sein Original überlassen hatte, aber, wenn er wieder gesund sei, dachte er, bekäme er das Exemplar zurück.

In den nächsten Tagen stieg Büchners Fieber, der Schwindel verstärkte sich. Viel Schleim hatte sich in seinem Mund gebildet, der Auswurf, den er in einen Eimer spuckte, besaß eine gelb-grüne Farbe, vor der er sich ekelte. Reden mochte er nicht. Was für eine Krankheit?, dachte er. Muss ich sterben? Nein, das Sterben überlasse ich anderen.
Als der Brief von Minna kam, zitterten seine Hände, er konnte die kleine Schrift nicht ent-

ziffern, Caroline las. Ihre Familie mache ihr Schwierigkeiten, zu kommen, aber sie werde alles in Bewegung setzen, um diesem unerträglichen Zustand, in den nur Frauen geraten können, zu entgehen.

„Minna wird es schaffen, zu reisen", ermunterte Caroline Büchner, der sich nur langsam im Bett aufrichten konnte.

„Ich muss sofort an sie schreiben."

Mit Unterstützung von Caroline war er aufgestanden. Aber ihm war es schwer gefallen, seine zwei Beine aus dem Bett zu heben, ein Bein war schon zu viel, erst recht das zweite, das er langsam auf den Boden schob, nachdem er es am liebsten ans Fenster gehängt hätte, dann schwankte er am Arm von Caroline zum Stuhl. Die Lampe warf ein warmes Licht auf sein schmales Gesicht, seine hohe Stirn und die blonden Locken. Als er versuchte ein paar Worte an Minna aufs Papier zu kritzeln, versagte seine Kraft, die Buchstaben hingen in der Luft, Caroline musste helfen und schrieb. Georg

befindet sich auf dem Weg der Besserung.
„Eine Locke von mir muss in den Brief", bat er und rutschte fast vom Stuhl, so schwach fühlte er sich.
Caroline holte eine Schere und schnitt ihm, der ganz still hielt, eine blonde Locke vom feinen Haar.
Bevor Caroline den Brief verschloss, krakelte er: *Adieu, mein Kind.*

32

„Vater." Minnas Stimme zitterte. „Ich muss zu Georg nach Zürich. Er hat gastritisches Fieber. Bitte, erlaube mir diesmal zu fahren."
Ihr Vater, der seinen Kopf mit dem vollen, weißen Haar an ein Ohr des Lehnstuhls gelehnt hat, las weiter. Zuweilen stellte er sich schwerhörig. Eine unangenehme Angewohnheit, die er einsetzte, damit sie sich stärker um ihn bemühte. Wie sehr sie ihre Abhängigkeit vom Vater bedauerte, ihre Unfreiheit, nicht allein reisen zu dürfen.
„Vater. Der Georg ist krank. Bitte erlaube mir zu fahren."
„So!" brummte Jaegle, der von seinem Buch hochsah. „Gastritisches Fieber? Er wird bald wieder gesund werden. Hat er Pflege?"
„Seine Freunde, die Schulzens, kümmern sich um ihn."
„Na, dann ist gut." Jaegle senkte seinen Kopf und

las weiter, ohne seine Tochter zu beachten.

„Aber, Vater, ich mache mir Sorgen." Minna versuchte ruhig zu bleiben, was ihr kaum gelang, so aufgeregt war sie.

Der letzte Brief, den sie von Caroline bekommen hatte, ängstigte sie, obwohl von keiner Gefahr die Rede war. Eine Art Typhus, dessen Verlauf sie nicht kannte. Daher wiederholte sie mit allem Nachdruck, dass sie unbedingt nach Zürich müsse.

„Mein liebes Kind." Jaegle sah sie scharf an. „Wie stellst du Dir das vor?" Er schielte zu seinem Buch. „Mit wem willst du fahren?"

„Alleine." Ihre Stimme war klar und bestimmt.

„Unmöglich." Jaegle lehnte kategorisch ab.

Unerbittlich blieb der Vater auch in den nächsten Tagen, eine Verhaltensweise, die zugenommen hatte.

Aber Minna, die nicht gewillt war, sich unterzuordnen, beschloss eine entfernte Verwandte zu fragen. Notfalls würde sie auch allein reisen. Geliebter Schorsch, dachte sie, mein Sorgenkind, ich werde kommen.

Die Rettung kam in Form einer Tante, die als Anstandsdame vom Vater nach mehrmaligem Drängen akzeptiert wurde, so dass sie, in einigen Tagen fahren durfte.

Schwerarbeit war es gewesen, den Vater umzustimmen. Noch am Nachmittag nahm er ihre Hand, wollte sie nicht loslassen, seine Bedenken entsprängen nur seiner Sorge, das müsse sie verstehen. Aber die Tante sei eine erfahrene Frau, da wisse er seine Tochter in guten Händen.

In Minna war ein kleiner Groll zurückgeblieben. Den für Frauen vorgeschriebenen Weg sollte sie gehen. Immer den Anderen verstehen. Keine eigenen Bedürfnisse haben. Sich unterordnen. Das wurde von ihr gefordert. Aber sie hatte ihren eigenen Kopf, an Büchner nahm sie sich ein Beispiel, der alles riskiert hatte, von ihm hatte sie gelernt, sich durchzusetzen.

33

In den folgenden Tagen begann er zu phantasieren, sein sprunghaftes und bildhaftes Denken nahm zu, er sprach vor sich hin und Caroline, die an seinem Bett saß, hörte zu.

„Der Beddoes kommt, ja, wenn er kommt, soll er das Stück mitbringen, ich glaube, die Kurtisane hat A. nicht geliebt, aber der Elefant, über den er geschrieben hat, bekam ein Testament, bitte, der geliebte Elefant des Papstes Leo, ein Förderer, aber dann haben sie ihn gejagt und ermordet, wie meine Freunde und mich, der bald ausgeliefert wird. A. hat alles ausgesprochen, was nicht gesagt werden durfte. Alle Schweinereien. Mit Worten. Mit dem Geist. Dem heiligen Geist."

Er atmete tief und zog die Decke bis an die Ohren. Auf Carolines Frage, was er meine, antwortete er nicht, daher unterbrach sie ihn nicht mehr, ließ ihn reden.

„Ich muss fliehen, ins Gebirg' gehen, mit Minna ins Steintal über die Hänge und luftigen Kämme, zu Oberlin, dem artigen Pfarrer, der sich um Lenz bemüht hat, aber diesem war nicht zu helfen, Wem ist schon zu helfen? Den Menschen? Gar der Menschheit? Kann Oberlin helfen? Ich möchte in Minnas Hand liegen, oder wie ein Krötenmännchen auf ihrem Rücken sitzen", er lachte und Caroline, die weiterhin zu allem schwieg, strich ihm über die nasse Stirn.
Hei! Da sitzt e Fleig an der Wand! Fleig an der Wand! Fleig an der Wand! Büchner versuchte zu singen, es klang eher wie ein Krächzen.
„Weißt du, was das für ein Lied ist?" fragte er und schielte in die Ecke, als läge dort die Lösung.
„Nein", sagte Caroline.
Ohne zu antworten schlief Büchner ein, der Speichel lief ihm aus dem Mund, den Caroline vorsichtig mit einem Tuch abwischte.

Erst am nächsten Tag, als sie ihn noch einmal fragte, erzählte er ihr, dass der Narr Valerio aus seinem Theaterstück *Leonce und Lena* dieses Lied singt. Ein russisches Kinderlied und er dachte mal wieder an seinen *Aretino*, für den er auch ein Kinderlied bräuchte, ein italienisches Kinderlied, ein kleines Lied, ein feines Lied.

Hilflos mussten Caroline und Wilhelm mit ansehen, wie sich sein Zustand verschlimmerte, seine Wahnvorstellungen sich steigerten. Sie schickten nach Professor Schönlein, den bekannten Hochschullehrer.

„Liefert mich nicht aus!", hatte Büchner geschrieen und sich im Bett aufgerichtet. Schweißnasses Haar. Verquollene Augen. Abgemagert. Caroline drückte ihn sanft ins Kissen zurück, streichelte seine Hand, Büchner warf seinen Kopf herum und rief: „Was soll der Mann dort in der Ecke, schafft ihn fort, ich will auf dem Markthausplatz reden, das Volk muss sich bewaffnen, Republikaner, erhebt euch gegen die Reichen. Meine politischen Freunde, wer hilft Euch? Minnigerode, mein kleiner Bruder, Weidig, Becker. Ihr werdet zu Tode gequält. Im

Gefängnis. Mein kleiner Bruder. Minnigerode! Minnigerode! Becker, guter Freund. Weidig, Bibelfreund. Und ich? Ich. Ich. Ich. Das werte, heilige Ich?"
Büchner hustete und spuckte gelben, zähen Auswurf in den Eimer, der an seinem Bett stand. „Was mache ich? Ich esse Rüblitorte. Stellt euch das vor? Alle meine politischen Freunde sterben und ich esse Rübli." Aufgebracht hatte er gesprochen, dabei hustete er immer wieder, starrte Caroline und Wilhelm an, als seien sie Fremde. Abwechselnd versuchten sie ihn zu beruhigen, logen ihn an, dass es seinen inhaftierten Gefährten gut ginge, dass er sich ausruhen müsse, dass alles zum Besten stünde.
Büchner wunderte sich über die Lügengeschichten, wusste er doch, dass alle Republikaner einen Kopf kürzer gemacht worden waren, staunte über das sorgenvolle Gesicht seiner Freunde, denen er doch sehr vernünftige Dinge mitteilen wollte, dass Thomas Lovell Beddoes sein neues Theaterstück über den italienischen Dichter Aretino

besitze und er sein Stück wiederhaben wolle. Aber er konnte nicht sprechen, zäher Schleim klebte in seinem Mundraum. Daher konnte er auch nicht fragen, wo sein englischer Freund bleibt? Nicht fragen, ob Thomas Lovell Beddoes seine Rüblitorte gegessen hat? Nicht fragen, wann Minna ihm das Märchen vom Filzstiftchen vorliest? Noch nicht einmal nach ihr rufen konnte er. Was verschwiegen ihm Caroline und Wilhelm? Dass Minna ihn vergessen hat? Oder wollten sie ihn von dem scharfen Gestank im Zimmer ablenken, der ihm von draußen zu kommen schien. Caroline hatte verschämt reagiert, als er danach fragte. Unmöglich, dass der Geruch von seinem Stuhlgang herrührte, obwohl dieser schwarz und blutig aussah, er glaubte, die Unregelmäßigkeit hing wohl mit seiner Erkältung zusammen.

Professor Schönlein sah das anders. Sagte zu Caroline: „Es sieht schlecht aus. Fäulnisgestank. Schwerer Unterleibstyphus. Auch Faulfieber

genannt. Typhus abdominalis putridus."
Er gibt dem Patienten nur noch ein paar Tage.
Wenn überhaupt.

34

Nehmen wir an: Beddoes hat das einzige Manuskript von Büchner über Aretino mit nach England genommen und dachte nicht daran, es zurückzugeben.

Daraus folgt: Büchner stirbt. In seinen Unterlagen befindet sich kein Manuskript über Aretino.

Das heißt: Minna kann das Theaterstück über Aretino nicht zerstört haben.

Nehmen wir an: Büchner hat Beddoes sein Stück nicht zum Lesen gegeben.

Daraus folgt: Minna findet in seinem Nachlass das Manuskript über Aretino.

35

Minna war erschrocken, als sie das eingefallene Gesicht von Schorsch sah, erfreut, dass sein wirrer Blick sich erhellte, als er sie erkannte. Ihr fiel es schwer, sich zu beherrschen, aber sie schaffte es, ihre Tränen zurückzuhalten.
„Minna", flüsterte er und lächelte, „dein Vater", fügte er hinzu, mehr brachte er nicht hervor.
„Ja, Lieber." Sie nahm sich zusammen, drückte seine feuchte Hand. „Mein Vater hat mir erlaubt zu reisen. Er lässt dich herzlich grüßen. Ich bin vorhin mit der Eilkutsche gekommen."
Büchner lächelte erneut, begann Liedzeilen, die Minna identifizieren konnte, zu singen, bevor seine Augen zufielen und er einschlief.

Als das Brot gebacken war,
lag das Kind schon auf der Bahr,
dein Bettlein ist nicht breit,
der Weg ist auch zu weit,

Gott wollt ja gern schnitzeln ein Engel aus mir.

Liedzeilen aus *Des Knaben Wunderhorn*, Lieder, die sie gemeinsam gesungen hatten. Und Minna, sehr religiös, glaubte Georg hätte seine atheistische Weltanschauung aufgegeben. Aber die feine Ironie in der Liedzeile aus *Des Knaben Wunderhorn* entging ihr. Der Schorsch sprach von Gott, das allein gab ihr die Sicherheit, verschaffte ihr Befriedigung. Auch die Gedichtzeile aus des *Wandrers Nachtlied* von Goethe, *Der du von dem Himmel bist, alles Leid und Schmerzen stillest,* die er vor sich hin brabbelte, bestätigte sie, vielleicht suchte er ihre Nähe.

Den Abend verbrachte sie bei Caroline und Wilhelm in bedrückter Stimmung und sie erfuhr, wie schlecht es Georg ging. Glauben konnte sie seinen bevorstehenden Tod nicht. Als gäbe es Wunder. Als gäbe es eine Macht, die höher war als alle Vernunft.

Lange saßen sie zusammen, und Caroline erzählte ihr, wie sehr Georg sich nach ihr gesehnt

hätte und Minna, die sich freute, bedauerte, dass sie nicht früher nach Zürich fahren durfte.
Auch am nächsten Tag erkannte Schorsch sie wieder, lächelte sie an, ließ sich von ihr füttern. Eine Suppe. Wein und Konfitüre. Wie sie das Füttern genoss. Sich Georgs Rhythmus anpassen, ihm langsam den Löffel in den Mund schieben, warten, bis er den Brei heruntergeschluckt hatte, ihm den Brei aus seinen Mundwinkeln wischen, langsam den Löffel in den Mund schieben. Aber schon während sie ihn fütterte, begann er wirr zu reden. Sah in Professor Schönlein, der gekommen war, seinen Vater, der mit ihm schimpfte, wartete auf seine liebe Mutter und das Filzstiftchen, fragte nach seinen Geschwistern, mit denen er spielen wollte.
„Mama, lass mich untern Rock, untern Rock", rief er, verdrehte seine Augen, hob die Bettdecke, verkroch sich darunter und Minnas Augen wurden feucht, sie musste schlucken, ging hinaus, um sich die Tränen abzuwischen. Sie glaubte noch immer an ein Wunder, auch als der Profes-

sor, der sich von ihr verabschieden wollte, ihr die Hand schüttelte und meinte, es ist vielmehr ein Wunder, dass er noch lebt.
Am dritten Tag ihrer Ankunft verbannte sie das Wunder aus ihrem Denken. Schorsch würde sterben. Nun blieb ihr nur noch das Gebet, in das sie sich versenkte, ein Trost, aber war es ein Trost? Trotz Gebet und innigem Glauben an Gott und die Ewigkeit fühlte sie sich nicht getröstet. Fühlte sich nicht in Gott aufgehoben. Hatte Schuldgefühle.

Schorsch lag zumeist mit geschlossenen Augen im Bett, konnte nicht mehr aufstehen, nur noch mühsam atmen. Rasselnde Geräusche. Dann und wann öffnete er die Augen, starrte auf einen Punkt an der Decke. Aber er hatte aufgehört zu delirieren. Mehrmals öffnete er angestrengt den Mund, als wollte er etwas sagen, was er nicht herausbrachte, schlief immer wieder ein, obwohl Minna ihn aufgefordert hatte. „Sprich, Lieber, sprich."

Quälende Stunden an seinem Bett. Warten auf den Tod. Sein Atem ging schwer, sonst lag er ruhig. Auch Minna hatte die Augen geschlossen, um ihm nahe zu sein und die Außenwelt auszuschließen. Kein Bild. Ein letztes Bild.

Wilhelm nickte ihr zu, als er sie ablöste, da sie sehr erschöpft war, und sie ging zu Caroline, um mit ihr, wie abgesprochen, Gedichte zu lesen. Kaum, dass sie auf dem Flur war, lehnte sie sich an die Wand, überließ sich ihren Tränen und wischte sie mit ihrem Spitzentaschentuch, über das Schorsch sich so gerne lustig gemacht hatte, ab. Dann ermahnte sie sich und schleppte sich, als habe sie kaum noch Kraft, ins Wohnzimmer, setzte sich schweigend zu Caroline, die einen Gedichtband in den Händen hielt und mühsam zu lesen begann. Mit belegter Stimme. Geröteten Augen. Nur einzelne Zeilen drangen an Minnas Ohr. *Der du von dem Himmel bist und Süßer Friede, komm, ach komm in meine Brust.* Kaum konnte Minna zuhören, immer wieder fielen ihr die Augen zu. Nur wenige Sätze tauschten sie miteinander aus.

„Willst du etwas trinken?" fragte Caroline vorsichtig.

„Nein."

„Es kann dauern."

„Ja." Mehr brachte Minna nicht heraus.

„Auch die Ärzte wissen nichts."

„Nein."

„Er ist ganz ruhig."

„Wir können nichts mehr tun."

Minna atmete tief ein und aus.

Als ob die Sprache nicht ausreiche. Zu lapidar. Zu wenig treffend, um die Gefühle angesichts des Todes zu benennen. Unzureichende Beschreibungen: Unendlich traurig. Grenzenlose Trauer. Unermessliche Traurigkeit. Schweigen angesichts des Unerklärlichen und Unfassbaren. Häufig blickten sich Minna und Caroline an. Ein wissendes Einvernehmen. Das tat Minna gut. Sie konnte nicht sagen wie viel Zeit verstrichen war, in der Caroline ihr Gedichte vorlas.

Abschiedsgedichte. Liebesgedichte. Sehnsuchtsgedichte.

Bis Wilhelm sie plötzlich rief und sie an seinem ernsten Gesichtsausdruck sah, dass es nun so weit war, und sie ins Sterbezimmer kam, gefasst, auf seltsame Weise war sie gefasst, nun, da Schorsch nicht mehr ihr Schorsch war, das Wort tot wagte sie nicht auszusprechen, als würde sie ihr Schicksal annehmen, sie trat an sein Bett, sah ihn lange an, sein verändertes Gesicht, seine verklebten Haare, seinen schmalen Mund, als könnte sie sich nicht von diesem Bild lösen, dachte, nun hat er es geschafft, und küsste ihn auf die Augen, die sie zuvor geschlossen hatte. Ein letztes Mal. Ein letztes Bild.
Erst später bedauerte sie, ihm nicht die Hand gehalten zu haben, als er starb, aber, so meinte Wilhelm, Georg sei ruhig eingeschlafen und hätte leichter ohne ihre Anwesenheit gehen können.
Tagelang ohne Hunger. Wie benommen. Tränen. Tränen. Tränen. Beruhigend, gemeinsam mit

Caroline und Wilhelm zu weinen.
Einige Tage würde sie bei ihnen wohnen, bis sie den Nachlass gesichtet hatte. Beruhigend mit ihnen über Schorsch zu sprechen. So manche Schwärmerei setzte ein, die gelegentlich von anderen Tönen unterbrochen wurde. Sein Arbeitseifer. Sein einfühlsames Wesen. Sein Witz. Seine Klugheit. Aber es hieß auch: Seine Ungeduld. Seine Übellaunigkeit. Seine Melancholie.

Schlaflos lag Minna in den Nächten. Erinnerte sich an Schorsch, hörte seine Stimme, so laut, dass sie glaubte, er stünde neben ihrem Bett. Betete. Und manchmal klagte sie Gott an, der ihr das Wichtigste im Leben genommen hatte. Und erinnerte sich an Schorsch, der vom deus absconditus gesprochen hatte. Ein Gott, der sich verbarg, den zu suchen vergeblich war. Ein schweigender Gott. Erschrocken suchte sie in sich jenen Ort, der jenseits aller Vernunft lag, betete und dann war ihr wohler.
In einer Nacht lag sie wieder wach, dachte an

Schorsch und sein letztes Theaterstück über Aretino, das sie vergessen hatte. Nie wieder hatte er ihr davon erzählt. Ob er es zu Ende geschrieben hatte? War das Stück in seinen Unterlagen? Am nächsten Tag ließen Caroline und Wilhelm sie allein und sie begann, erst zögerlich, dann forscher die Kommode von Schorsch zu durchsuchen. Unterwäsche, Manuskripte, alles lag durcheinander. Als sie eine lange Unterhose von Schorsch fand, drückte sie diese an sich, atmete den seifigen Geruch ein und wischte damit ihre Tränen ab, die auf das Leinen getropft waren.
Nachdem sie unter einem Packen Papier mehrere Abschriften von *Leonce und Lena* und ein Stück über den Mörder Louis in vielfacher Ausfertigung gefunden hatte, entdeckte sie das liederliche Stück und blätterte darin.
Wie anstößig, dachte sie und lachte. Ihr Schorsch. Köstlich die derben Witze der Kurtisanen. Das gestand sie sich ein, obwohl es ihr schwer fiel. Aber die atheistischen Stellen, auf die sie stieß, missfielen ihr. Warum musste er Gott schmähen?

Warum ihm seine Allmacht absprechen? Sich gar lustig machen über ihn, dass er die Welt schlecht eingerichtet hatte. Das grenzte ja an Zynismus. Warum sprach Schorsch von einem unfähigen Gott, der sich aus dem Staub gemacht hatte, nachdem er den Menschen schuf. Der Mensch, das grausame Tier.
Aber die Freiheit, dachte Minna, warum hat Schorsch nicht begriffen, dass Gott dem Menschen die Freiheit gegeben hatte und er selbst verantwortlich war.

Sie setzte sich auf einen Stuhl, das Manuskript in ihren Händen, auf das ihre Tränen tropften. Kurz entschlossen stand sie auf, nahm das Theaterstück, ging zum Ofen, öffnete die eiserne Ofentür, sah das Feuer prasseln und warf die einzelnen Papiere hinein, sah, wie sich die Feuerzungen ins Papier fraßen, sah, wie Schorschs Schriftzüge sich auflösten, schluckte mehrmals und wartete, bis alle Szenen über Aretino zu Asche wurden. Erleichtert.

Aber noch nicht genug: Als sie das Tagebuch von Schorsch fand, darin blätterte, las sie gotteslästerliche Sätze von Aretino, gotteslästerliche Passagen von Spinoza, gotteslästerliche Stellen von La Mettrie und sie konnte nicht anders, als auch das Tagebuch den Flammen zu übergeben.

Aus der Erde sind wir genommen, zu Erde sollen wir wieder werden, Erde zu Erde, Asche zu Asche, Staub zu Staub.

36

Schönlein hatte ihm erzählt, dass Büchner innerhalb von vierzehn Tagen an Typhus gestorben sei.

„Armer Kerl", meinte Beddoes, der gerade aus England zurückgekehrt war, dachte, der hat es hinter sich.

„Ein großer Verlust für die Wissenschaft". Der Professor verstummte und blickte Beddoes traurig an.

„Eher ein Verlust für die Dichtkunst", entgegnete Beddoes, der sich schnell verabschiedete, als er in das leidende Gesicht seines Professors sah.

In London hatte er einige Freunde und Verwandte getroffen, unerfreulich, war in einem Londoner Gasthaus abgestiegen und hatte sich eingeschlossen, um zu dichten. Viel kam nicht dabei heraus. Einige Gedichte über Pflanzen, seine engsten Freunde und über Träume, in denen Geister sprechen. Einige Gedichte über den Tod.

Zu Hause suchte er nach dem Manuskript von Büchner in seinen Unterlagen, fand es, las die Szenen noch einmal durch und fand sie großartig. Herrlich die Szenen, in denen sich die Kardinäle bekriegen. *Der Steiß eines Kardinals ist klüger als sein Kopf.* An dieses Zitat von Aretino erinnerte sich Beddoes. Herrlich die Szene, die im Freudenhaus spielt. Herrlich die Szene, in der Papst Leo X untröstlich ist über den Tod seines Lieblingselefanten und erst Aretinos komisches Testament des Elefanten ihn erheitert.
Dachte Beddoes an sein eigenes Werk, deprimierte ihn seine eigene Mittelmäßigkeit. Einige Gedichte waren gut, einige lyrische Bilder ebenso. Aber seine eigenen Dramen kamen ihm wie eine große Wucherung vor, die er beschneiden musste. Wie wäre es, schoss es ihm durch den Kopf, wenn er Büchners Szenen für ein eigenes Theaterstück über Aretino benutzte?

Niemand würde ahnen, dass sein Theaterstück über Aretino auf Büchners Szenen beruhte. Keiner konnte wissen, dass er Büchners Original besessen hatte.

Seine Idee nahm in den nächsten Wochen und Monaten konkrete Formen an. Natürlich erweiterte er Büchners unvollständiges Drama, aber dessen entscheidende Szenen übernahm er. Wie ein Kind, das einem überlegenen Bruder etwas wegnahm.

Nun muss leider gesagt werden, dass Beddoes, unglücklich verliebt in einen Bäckerjungen, 1849, zwölf Jahre nach Büchners Tod, Selbstmord beging. Ein Teil seines Nachlasses verschwand in Italien und tauchte nie wieder auf. Das Theaterstück über Aretino, an dem er bis zu seinem Tod gearbeitet hatte, blieb verschollen.

Mit besonderem Dank an:

Kerstin Drechsel
Volker Kaminski
Frauke Jung-Lindemann
Gabriele Selse
Ginka Steinwachs
Helga von Werder

Für das Büchner-Porträt danke ich
Eva-Maria Vering von der
Büchner Forschungsstelle der
Philipps Universität Marburg.

Aus dem aktuellen Verlagsprogramm

www.anthea-verlag.de

Erika Seidenbecher
Romantisch soll die Liebe sein
Eine Erzählung über Caroline Schlegel-Schelling
Paperback - 12 x 17 cm - mit 8 Illustrationen
124 Seiten - 12,90 €
ISBN 978-3-943583-18-2

Jo Strauss
„Zum Walfisch"
Geschichten aus der Gründerzeit von Berlin
Paperback - 8 x 12 cm - 226 Seiten - 8 Abbildungen - 8,90 €
ISBN 978-3-943583-13-7

Gerhard Barkleit
Das nördliche Ostpreußen heute
Eine Region im Fokus der Söhne und Töchter
Paperback - 14 x 21 cm - 224 Seiten - 26 Abbildungen
17,90 €
ISBN 978-3-943583-28-1

Marianne Blasinski
Wendekreise
Vom Balkan nach Deutschland
Roman
Hardcover - 14 x 21 cm - 238 Seiten - 19,90 €
ISBN 978-3-943583-04-5

Viktoria Korb
Tod eines Friedensforschers
Krimi - Paperback - 12 x 17 cm - 242 Seiten - 14,90 €
ISBN 978-3- 943583-20-5

Traude Engelmann
Das ukrainische Amulett
Familiensaga einer deutschen Familie in der Sowjetunion
Roman
Paperback - 14 x 21 cm - 436 Seiten - 19,90 €
ISBN 978-3-943583-23-6

Erika Seidenbecher
Liebe zur Welt
Ein Georg-Forster-Roman
Hardcover - 14 x 21 cm - mit 8 Illustrationen
246 Seiten - 24,90 €
ISBN 978-3-943583-26-7

**Unsere BÜCHERSTUBE
im LESSING-HAUS in Berlin**

Nikolaikirchplatz. 7, 10178 Berlin
(Nikolaiviertel, Nähe S-Bhf. Alexanderplatz)
Öffnungszeiten: Di - Sa 11.00 - 18.00 Uhr

Wir bieten Ihnen Bücher, DVD und CD
zu den folgenden Themen an:
**Osteuropa, Berlin und
europäische Kulturgeschichte**

03 FEB. 2023